Joe Bodemann

# Löwenliebe

Erste illustrierte Auflage
Copyright © 2004 HellwigBuchVerlag, Höfer
Umschlagentwurf: HellwigBuchVerlag
Fotos: Privatarchiv Joe Bodemann
Alle Rechte vorbehalten, Printed in Germany 2004
Druck: Books on Demand, Norderstedt

ISBN 3-9808978-1-8

# Löwenliebe

**Dieses Buch ist meinem Löwen Ken gewidmet**

Danke an die Boygroup Lions of Love – Sascha, Marc, Dennis, Ruben und Jason – und Sven, die mit mir 2 Wochen lang, Tag und Nacht, um das Leben von Ken gekämpft haben.

Das Geheimnis meines Erfolgs 5
Die schweren Jahre 5
Die Namensfindung 9
Der erste Auftrag und das erste Problem 9
Löwenliebe mit Widerstand 11
Der erste Filmauftrag 13
Die EWG-Sendung 17
Liebe mit Folgen 19
Tatort – Tod im Elefantenhaus 21
Blauweiße Geschichten mit echtem Löwen 23
Die Schwarzwaldklinik und ihre Folgen 25
Der erste Drehtag mit Folgen 28
Wie Ken aus der Rolle fiel 30
Auf den Spuren von Ernest Hemingway 31
Liebe statt Hiebe 37
Parfüm für eine Löwennase 41
Brüllen oder nicht 44
Die Goldene Eins 47
Der Showstar 50
Der coole Löwe 53
Die Aktuelle Schaubude 56
Wettschulden 60
Schöne Aussichten 64
Die goldene Löwenverleihung mit Folgen 67
Die Lüge 75
Die Henkels und Ken 78
Ken, der Therapeut 82
Ken auf hoher See 87
Neue Freunde 91
Die Hochzeit 94
Der Kampf 97

## Das Geheimnis meines Erfolgs

Oft wurde ich gefragt, wie ich den Löwen so gut dirigieren konnte und warum dieser Löwe so ruhig und gelassen war. Der Löwe musste mich über alle Maßen hinaus lieben und dadurch tiefes Vertrauen haben. Erst wenn das erreicht war, konnte ich mit ihm reden. Wenn die Filmszene einen ruhigen Löwen brauchte, dann floss vorher meine ruhige geistige Kraft in das Tier. Wenn die Filmszene einen aktiven, schnellen Löwen brauchte, dann brachte ich vorher meine spannungsgeladene, geistige Kraft in das Tier. Das ging am Besten, wenn ich mit dem Löwen vorher Kopf an Kopf zusammen war. Es ging aber auch, wenn wir über eine große Entfernung besonders geistig vereint waren. Es klingt vielleicht verrückt, aber die ganzen Erfolge zeigen, dass es so war.

Manchmal muss man sich die Liebe eines Tieres auch hart erarbeiten. Man muss ehrlich sein und das Vertrauen aufbauen. Liebe gibt dem Tier Sicherheit, bei Dreharbeiten besonders wichtig. Liebe ist der Schlüssel zum Erfolg – für hohe Belastbarkeit und Leistung!

## Die schweren Jahre

Die desolate wirtschaftliche Lage meiner kleinen Filmtierschule mit 2 Löwen und 2 Tigern, sowie 2 Bären und Hunden trieb mich wieder einmal dazu, günstig Futterfleisch für meine Raubtiere zu besorgen. So fuhr ich mit meinem alten klapprigen VW-Bus zu einem kleinen Tierpark. Ich hörte davon, dass dieser Tierpark Schlachttiere, wie Ziegen und Schafe, günstig abgibt. Da der Besitzer nicht Zuhause war, fuhr ich am nächsten Abend wieder hin, um mit ihm zu reden. Die dortigen Tiergehege waren in keinem guten Zustand und einige Tiere auch nicht. Mit großer Wut im Bauch über den Zustand der Tiere führte ich die Verhandlung – ich schwieg und behielt meine Wut für mich, da ich doch das Futter so dringend für meine Tiere brauchte. Aus Angst, der Tierparkbesitzer könnte sauer werden, wenn ich mich über die schlechte Tierhaltung beschweren würde, schwieg ich. War es Feigheit oder war es die große Sorge kein Fleisch für meine hungernden Tiere zu bekommen? In meiner Tasche hatte ich 1000 Mark, mühsam zusammengespart, um das erhoffte Futterfleisch bezahlen zu können. Während des Gespräches hörte ich ein leises Schreien, ganz weit hinten aus dem Tierpark. Ich fragte nach und man sagte mir, dass dies ein kleines Löwenbaby sei, das krank ist. Die Schreie klangen so verzweifelt, dass ich darum bat, mir das Tier ansehen zu können. Wir gingen zu einem kleinen, budenartigen, stinkenden, sogenannten Raubtierhaus, in dem zwei Löwen untergebracht waren. Vor mir stand die, wie in einen Schminkkasten gefallene, grausam geschminkte Tierparkbesitzerin mit dem kleinen schreienden, ca. 4 Wochen alten Löwenbaby auf dem Arm. Mit den Worten: „Ich glaube, der stirbt bald" wickelte sie den Kleinen in einem stinkenden, kartoffelsackähnlichen Tuch wieder ein. Die Tierparkbesitzer gaben dem Löwenbaby Milch und Hundefutter aus der Dose. Dies hatte zur Folge, dass der kleine Wurm unterernährt war und eine schwere, schmerzhafte Magen- und Darmentzündung hatte. Ich deckte den stinkenden Kartoffelsack wieder auf und zwei kleine hilfesuchende und schmerzgezeichnete Löwenaugen sahen mich an. Sofort entriss ich der aufgetakelten Besitzerin den Kleinen und steckte ihn unter meine Jacke, an meine Brust. Nach kurzer Zeit hörte er auf zu schreien. Meine Körperwärme, die vor lauter Wut sowieso schon kochte, empfand der Kleine als angenehm. Ich zog im Streit ganz aufgeregt die ersparten 1000 Mark, die ich ja eigentlich für das Futterfleisch vorgesehen hatte, aus meiner Tasche und überreichte sie den Besitzern. Die griffen sofort zu und waren scheinbar froh, von einem dummen und naiven Menschen wie mir, diese hohe Summe für ein fast halb totes Löwenbaby zu bekommen. Um 1000 Mark ärmer und ohne Futterfleisch, mit einem kleinen, vor Schmerzen wieder schreienden Löwenbaby, fuhr ich in meinem klapprigen VW-Bus nach Hause. Mit einem furchtbar schlechten Gewissen im Bauch und dem kranken Löwenbaby auf dem Arm ging ich zu meinen anderen Löwen und Tigern. Die Raubtiere sahen mich erwartungsvoll an, als wollten sie sagen „Wo ist unser Fleisch?". Aus meinen verschämten Gedanken wurde ich durch die plötzlichen Schmerzensschreie des Löwenbabys gerissen, das ich unter meiner Jacke immer noch auf dem Arm hielt. Getrieben durch die Blicke der Tiere überlegte ich, wo ich jetzt Futterfleisch herbekommen soll – ohne Geld. Die Kühltruhen, wo ich das Fleisch sonst immer tiefgefroren hatte, waren leer. Das Geld hatte ich für ein kleines und obendrein noch krankes

Löwenbaby ausgegeben. Plötzlich fielen mir meine Hühner ein, die ich mir hielt, um die gelegten Eier in Geld umzusetzen. Dadurch hatte ich noch eine kleine Einnahme. Hühner zu schlachten, die Eier legen, ist doch eigentlich verrückt. Doch ich dachte, wenn es mir später finanziell wieder besser geht, kann ich ja neue Hühner kaufen. So habe ich mich gegen jede kaufmännische Vernunft dazu entschlossen, Hühner für meine Raubtiere zu schlachten. Unter Tränen und mit Wut gegen mich selbst im Bauch schlachtete ich so 45 Hühner, schnell und schmerzlos. Die Raubtiere verschlangen diese Hühner mit großem Appetit und hatten nachher dicke Bäuche und Zufriedenheit in den Augen. Nun saß ich da auf einer alten Holzkiste und sagte zu dem kleinen abgemagerten Löwenbaby: „Nun zu Dir – alles wird gut!".

Spät am Abend suchte ich dann noch meinen Tierarzt auf, bei dem ich noch 825 Mark Schulden hatte. Wie ich ihm das Löwenbaby zeigt, sagte er: „Bodemann, Sie sind ja verrückt. Wir können dieses Tier nur noch einschläfern. Denken Sie mal an die Kosten, die eine aufwendige Behandlung mit sich bringt. Ich bekomme ohnehin noch so viel Geld von Ihnen. Außerdem wird der Löwe sowieso sterben!"

Eine Weile überlegte ich und bat dann den Tierarzt die Behandlung trotzdem zu versuchen. Wir einigten uns darauf, es bis zu einem Kostenpunkt von 300 Mark zu versuchen. Wenn der kleine Löwe dann nicht gesund ist, solle er eingeschläfert werden.

Leider kam es so, wie es der Tierarzt vorausgesagt hatte. Das Kostenlimit von 300 Mark war erreicht und der kleine Löwe war immer noch nicht gesund. Im Gegenteil. Sein Zustand wurde immer schlechter. Den Einschläferungstermin hatten wir schon vereinbart, als ich eines abends wie besessen Bücher über alternative Medizin las. Damals gab es aber noch nicht so viel Literatur über alternative Medizin bei Tieren. Irgendeine Stimme in mir sagte „Kämpfe!", und so sagte ich den Einschläferungstermin kurz vorher ab und meinem bis auf Haut und Knochen abgemagertem Löwenbaby sagte ich „Wir schaffen das. Du musst leben! Ich verspreche Dir, wir bleiben immer zusammen, wenn Du

Dich anstrengst leben zu wollen!"

So nahm ich dieses kleine Häufchen Elend immer mit in mein Bett, ganz nah an meinen Körper, um ihn zu wärmen. So schlief ich möglichst starr, um den kleinen während des Schlafens durch meine Körperdrehungen nicht zu erdrücken. Mein ganzer Tagesablauf richtete sich nur nach dem Kleinen. Ich flößte ihm sehr vorsichtig leicht gesalzene Kräutertees ein. Die Flasche Milch lehnte er immer wieder ab, hatte keinen Appetit. Die Zwangsfütterungen erbrach er wieder. Doch ich wollte nicht aufgeben. Das Wunder geschah. Eines Morgens gegen 5 Uhr wurde ich durch das Lecken seiner kleinen rauen Zunge auf meinem Bauch geweckt. Völlig aufgeregt sprang ich sofort aus dem Bett und machte ihm seine Flasche, gefüllt mit 1/3 Tee und 2/3 Milch, warm und legt mich dann mit der Flasche wieder zu ihm ins Bett. Der Kleine fing ganz selbstverständlich an zu saufen. Das Saugen strengte ihn sehr an und vor Erschöpfung hörte er wieder auf. In den folgenden Tagen wurden es immer mehr Flaschen und schon nach kurzer Zeit bekam er seine erste kleine Menge Rindfleisch. So entwickelte er allmählich einen großen Appetit. Wir hatten es geschafft! Ich holte nur das beste Filetfleisch vom Schlachter in meiner Nähe. Um immer größere Mengen Filetfleisch bezahlen zu können, habe ich jeden Morgen von 4 Uhr bis 7 Uhr beim Schlachter sauber gemacht.

Bald konnte ich auf das teure Fleisch verzichten und habe dann das wesentlich preiswerteres Futterfleisch geben können. Der Appetit des Löwenbabys war gewaltig – so, als hätte es viel aufzuholen.

## Die Namensfindung

Das Löwenbaby war inzwischen kräftig und sein Spieltrieb war kaum zu stillen. Da für mich noch nicht klar war, ob es der kleine Löwe schafft zu überleben und ich abergläubisch bin, gab ich ihm noch keinen Namen, zumindest in der Krankheitsphase nicht. Doch nun musste ein Name gefunden werden. So wälzte ich Bücher, Kalender und auch die dicken Telefonbücher um einen passenden Namen zu finden. Doch keiner gefiel mir. Ich machte immer ein Spiel mit dem inzwischen kraftvollen und voller Lebensenergie sprudelndem Löwenbaby. Dabei versteckte ich mich unter einer großen Wolldecke und mein Baby musste mich suchen. Wenn er mich gefunden hatte, schlug ich die Decke plötzlich auf und sagte zu ihm: „Kennst Du mich?". So ging es immer und immer wieder, mit nie endender Begeisterung. Eines Abends lag der tief schlafende und sich wohlfühlende Löwe auf meinem Bauch. Nach mehreren Aufweckversuchen reagierte er jedoch nicht einmal auf die Worte „Kennst Du mich?". Auf einmal, ich weiß gar nicht so genau warum, kam nur das Wort ‚Ken' über meine Lippen. Da gingen seine Augen auf und er drückte seinen kleinen Kopf mauzend gegen mein Gesicht. So war der Name ‚Ken' geboren und eine große Liebe begann – allerdings mit einigen Hindernisse, wie sich später noch herausstellen sollte.

## Der erste Auftrag und das erste Problem

Ken war inzwischen 10 Monate alt und lebte in einem Außengehege meiner kleinen Privatanlage. Wir sahen uns jeden Tag und gingen zusammen an der Leine spazieren – so, wie ich auch mit den anderen Tieren spazieren ging. Da das Geld immer noch knapp war, musste ich nebenbei LKW fahren, um den nötigen Unterhalt für meine Tiere zu sichern. Die Filmtierschule und die angegliederte Hundeschule brachten nicht die nötige finanzielle Sicherheit.
Es war ein kalter Märztag. Ich war wieder mal deprimiert über die schlechte finanzielle Lage und ich empfand den Druck der Verantwortung für meine Tiere als sehr groß. Sollte ich aufgeben und doch meinen bürgerlichen Beruf wieder ergreifen, so wie es mir

meine Verwandtschaft immer und immer wieder vorschlug? „Schaff doch die Tiere ab", wurde immer wieder gesagt. Was sind das bloß für Menschen, fragte ich mich. Man kann doch ein Tier nicht so einfach abschaffen, wie einen alten Mantel!

Ken gab ich damals das Versprechen, dass wir uns niemals trennen werden, wenn er gesund wird! Ich war entschlossen dieses Versprechen zu halten. Entweder ich schaffe es oder ich sterbe mit ihm. Meine seelische Verfassung war nicht die beste. Das Telefon klingelte. Ich habe erst gar nicht abgenommen, weil ich dachte, es sei wieder einer der noch Geld haben will!

Kurz darauf klingelte es wieder. Diesmal nahm ich genervt ab, fast apathisch. Am anderen Ende der Leitung war der Intendant der Karl-May-Festspiele. Ich war sofort hellwach. Er fragte, ob ich einen Berglöwen, also Puma, hätte. Ich sagte leicht zögerlich ja, weil es ja nicht ganz die Wahrheit war. Ken war kein Berglöwe. Der Intendant erzählte mir, dass die Besucherzahlen rückläufig seinen und dass man durch einen echten Berglöwen in dem neuen Karl-May-Stück die Besucherzahlen eventuell gut zurückholen könnte. Der Berglöwe, so seine Idee, sollte hinter einem Trapper herlaufen, ihn anspringen und dann mit ihm gemeinsam einen ca. 12 Meter tiefen Abhang hinunterfallen. Wir vereinbarten, dass ich ihm ein Foto von meinem sogenannten Berglöwen, sprich Puma, zusenden würde. Ganz aufgedreht lief ich zu meinem Löwen Ken. Wie machte ich nun aus Ken, einem afrikanischen Löwen, einen nordamerikanischen Puma? Erstens war Ken viel zu groß für einen Puma und zweitens hatte Ken schon erhebliche Mähnenansätze. Was tun? Ich musste unbedingt den für uns lebenswichtigen Auftrag bekommen. Also schnitt ich Ken die Mähne ab und fotografierte ihn aus einer Perspektive in der er möglichst klein wirkte. Zwei Fotos schickte ich dann zu dem Intendanten, der mich dann 1 Woche später anrief und zu mir sagte, dass der Puma wohl ein besonders kräftiges Tier sei. Ich bejahte und fügte hinzu, dass dieser große Puma auf einer großen Freilichtbühne natürlich besonders wirken würde. Zwei Wochen später kam es zur Vertragsunterzeichnung. Das Vortraining mit Ken begann.

## Löwenliebe mit Widerstand

Die Aufgabenstellung lautete: Vor zehntausend bis fünfzehntausend Menschen muss der Löwe 50 Meter frei auf einen Trapper, den ich doubelte, zulaufen, ihn in einem möglichst hohen Bogen anspringen, sich im Körper verbeißen und dann gemeinsam einen ca. 12 Meter hohen Abhang trudelnd herunterfallen, unten wieder aufstehen und hinter dem Trapper die Verfolgung aufnehmen. Die ganze Aktion ohne Gitter und ohne Absperrung! Dafür war ein mehrwöchiges Vortraining erforderlich. Mein Ziel war, dass Ken auf großer Distanz, ca. 150 Meter, frei auf mein Rufen hin in meine Arme läuft, ohne sich ablenken zu lassen. Das setzte voraus, dass die Liebe zu mir super, super stark sein musste. Kein Hund, kein Pferd, kein Mensch darf ihn dabei interessieren. Die Liebe zu mir musste seine natürlichen Beuteinstinkte überdecken bzw. in diesem Moment ausschalten. Wir versuchten den Anlauf und daraus leichte Ansprünge. Da war schon das erste Problem. Ken mochte es nicht, von mir fest umklammert zu werden. Bei den Anläufen traten immer wieder Störungen auf. Manchmal biss er auch zu hart in meinen Unterarm. Ich war völlig verzweifelt. Der Vertrag war bereits

unterschrieben und die erste Anzahlung hatte ich auch schon bekommen. Ich versuchte es also immer wieder mit Ken, doch die vorhandene Liebe war zwar stark, aber für solche extremen Situationen nicht stark genug. Lag es an mir oder lag es an Ken? Ich hatte inzwischen gelernt, dass ein gemachter Fehler nicht am Tier liegt, sondern immer am Trainer. Mir fiel ein, dass ich Ken durch die viele Arbeit vernachlässigt habe. Irgendwie war es nicht mehr so wie früher, die Bindung war abgeschwächt. Irgendetwas musste passieren. Ich saß vor seinem Gehege und sah in seinen Augen ein wenig Traurigkeit und nahm mir vor, mich noch mehr mit Ken zu befassen. Es ist nicht immer leicht das Potential an Liebe auf alle Tiere gleichmäßig zu verteilen. Meine private Beziehung konnte ich schon nicht mehr retten, da meine Tiere und meine Existenzprobleme die ganze Zeit beanspruchten. So motivierte ich mich neu und beschloss mein Bett für zwei Wochen zu Ken ins Gehege zu verlegen. Wie ich dabei war meinen Schlafplatz bei meinem Löwen einzurichten, bekam ich unerwarteten Besuch von meiner Ex-Freundin, die sich wieder mit mir versöhnen wollte. Als sie dann sah, wie ich mein Bett aufbaute, um bei meinem Löwen schlafen zu wollen, lief sie gleich wieder schimpfend davon und erzählte überall, dass ich nun ganz verrückt geworden sei. Ich dachte nur, dass sie mit ihrem guten Aussehen bestimmt bald wieder einen neuen Freund haben wird. Ken aber war auf mich angewiesen und er würde sicherlich keinen anderen Menschen finden der ihn so liebt, wie er als Löwenmännchen nun mal ist. Ich verbrachte tagsüber wieder viele Stunden mit Ken. Nachts schlief ich bei ihm im Gehege und erhoffte mir, so eine starke Tiefenliebe von ihm zu bekommen. Es dauerte zwar einige Zeit, aber meine Rechnung ging auf. Kens Liebe zu mir wurde immer stärker und die 150 Meter langen Anläufe wurden immer zuverlässiger und perfekter. Eine zweite große Liebe war geboren. Der hohe Ansprung und meine festen Umklammerungen um seinen Körper waren jedoch noch nicht ganz zuverlässig. Die Gefahr, dass er mir dabei ins Gesicht beißen könnte war riesengroß. Ken musste auch lernen seine Krallen nicht auszufahren, was er sofort tat, wenn er Angst bekam. Angst abbauen und die Liebe noch mehr verstärken waren die letzten Ziele bei diesem Training. Die Mühe hatte sich gelohnt, alles wurde gut und Ken war perfekt – wir waren eine Einheit.

Bei der ersten Pressekonferenz waren 26 Journalisten anwesend, als ich mit Ken bei den Karl-May-Festspielen eintraf. Ich wollte den Journalisten zeigen, dass die Liebe Ken zur Höchstleistung auflaufen ließ. So fuhren wir zu einem nahegelegenen See. Ken sollte mit mir im See schwimmen gehen. Ich hatte es vorher mit ihm noch nie geprobt – ehrlich nicht! Mit Tigern hatte ich es schon mal getan, aber Löwen sind da anders – extrem Wasserscheu. Ich war mit Ken eins und wusste genau, wenn ich ins Wasser gehe, dann kommt er auch mit ins Wasser. Also sprang ich mit eingezogenem Bauch vor den 26 Journalisten in den See und rief: „Ken, komm her!" Ken zögerte. Einigen Journalisten stand schon die Schadenfreude ins Gesicht geschrieben. Dann, auf einmal, sprang Ken zu mir ins Wasser. Wir schwammen Kopf an Kopf in einem wunderschönen Waldsee – mein Freund Ken und ich. So glücklich wie in diesem Moment war ich nur sehr selten in meinem Leben. Alles hatte sich gelohnt. Die Bilder von Ken und mir – Kopf an Kopf im See – gingen um die ganze Welt. Ein freundlicher, deutscher Journalist, der gerade in New York Urlaub machte, schickte mir den Zeitungsausschnitt aus der New York Times ganz groß. Ich war mächtig stolz auf Ken! Und so hatte der Veranstalter eine einzigartige Werbekampagne für seine Karl-May-Festspiele. Die Besucherzahlen stiegen an und viele kamen, um diesen Löwen zu erleben. In 52 Vorstellungen, vor Tausenden von Menschen, spielte Ken den wilden Berglöwen. Zweiundfünfzig mal immer in höchster Perfektion und Zuverlässigkeit. Kein einziges Mal hat er mich dabei verletzt. Kens Liebe zu mir war die höchste Perfektion einer Mensch-Tier-Beziehung ohne Dressurcharakter.

## Der erste Filmauftrag

Kurz nachdem die Karl-May-Festspiele erfolgreich beendet waren, kam der erste Filmauftrag. Die Vorgeschichte: In Berlin drehte eine amerikanische Filmproduktion einen Kriegsfilm. Mit dabei war ein amerikanisches Trainerteam mit einem Löwen. In einer Szene gab es Bombeneinschläge in einem Zoo und alle Tiere, darunter auch ein Löwe, brechen aus. Bei dieser Aktion rastete der amerikanische Filmlöwe aus, griff zwei Mitarbeiter aus dem Filmteam an und stürzte sich dann auf eine Ziege. Die in Bereitschaft stehende Polizei erschoss diesen Löwen sofort. Dieses Drama musste aber noch weiter gedreht werden, denn Zeit ist Geld im Filmgeschäft.

Es musste ein zweiter Löwe her, denn auf die Lebewesen wollte man dennoch nicht verzichten. Die Leute vom Film telefonierten fieberhaft überall herum, um einen geeigneten Löwen zu finden. Einer der deutschen Filmleute erinnerte sich plötzlich daran, dass es irgendwo bei Helmstedt einen Mann gibt, der einen Löwen hat. Er rief die Polizeistation in Helmstedt an und fragte dort, ob sie einen Mann mit Löwen kennen würden. Der Polizeibeamte sagte ihm, dass es in der Gegend einen verrückten Tiertrainer gebe, der Raubkatzen hat und gab ihm meine Telefonnummer. Es war nachts um zwölf Uhr als das Telefon klingelte. Der Mann vom Film rief mich an und sagte, dass sie dringend einen Löwen bräuchten, weil deren Filmlöwe ausgefallen ist. Auf meine Frage, wann das sein soll sagte er: „Heute Nacht. Um 5 Uhr". Ich war sofort hellwach und dachte, man wolle mich auf den Arm nehmen. Nachdem ich mich vergewissert hatte, dass das keine Finte war, vereinbarten wir die Gage und dann ging es los.

Ich setzte mich mit meinem Freund Ken in meinen noch immer alten, klapprigen VW-Bus und fuhr Richtung Berlin. Vorerst musste ich jedoch zur damaligen DDR-Grenzkontrolle bei Helmstedt. An der

Grenze angekommen fragte mich der Kontrolleur, ob ich was geladen hätte. Ich sagte: „Ja, meinen Löwen". Daraufhin erwiderte der Beamte: „Wollen Sie mich verarschen?". Wohl durch das Schrein des Vopos geweckt, stand der schlafende Ken plötzlich auf und der VW-Bus bewegte sich mächtig und mit einem Satz sprang der Kontrolleur zurück und rief seine Kollegen herbei. Irgendwie schlug die geladene Stimmung um und alle Grenzpolizisten waren begeistert. Normalerweise musste man ein amtstierärztliches Gutachten bei Grenzübertritt nachweisen. Doch wo sollte ich tief in der Nacht so ein Gutachten herbekommen. So ließen mich die Grenzpolizisten auch ohne dieses Gutachten die Grenze passieren. In Berlin wartete man bereits auf das Eintreffen des Löwen. So fuhren Ken und ich in unserem treuen, wenn auch alten und klappernden VW über die mit Schlaglöchern übersäte Autobahn Richtung Berlin. An der alten italienischen Botschaft war der Drehort mit den aufgebauten Kulissen. So fuhr ich mit dem Bus in die vorgegebene Standposition. Wie ich ausstieg sah ich rechts und links auf den gebauten Erdwällen ungefähr 20 Polizisten mit Gewehren stehen. Ich dachte erst, dass diese Polizisten Statisten seien und zum Film dazu gehörten. Dann erst wurde ich darüber aufgeklärt, dass die Polizisten echt sein und einen anderen Löwen erschießen mussten, weil dieser ausgerastet war. Falls mein Löwe auch ausraten sollte, müsse man ja auch an die Sicherheit der Menschen denken. Am Liebsten wäre ich sofort wieder nach Hause gefahren. ‚Ken wird schon nicht ausrasten' dachte ich, obwohl ich Ken ja gar nicht vorbereiten konnte. Irgendwie wollte ich es den Leuten aber auch zeigen, was Ken für ein toller Löwe ist. Die Aufgabenstellung war nun aber ganz anders, als es mir vorher gesagt wurde. Ken sollte über eine große breite Straße von Punkt A nach Punkt B laufen. Dabei sollten aber auch Feuerwerkskörper gezündet werden und in einem Abstand von ca. 8 Metern sollten Flüchtende, also Erwachsene mit Kindern, und eine Ziege laufen. Diese schwere Einstellung sollte mit 4 Kameras gedreht werden. Ich ging zu Ken und sagte zu ihm „Wir müssen das schaffen. Wir brauchen das Geld für unsere Existenz!". Alles war drehfertig. Die Polizisten hatte ihre Gewehre im Anschlag und ich hatte die Angst in der Kniekehle. Es war mein erster Film mit Ken. Ich setzte Ken in eine für die Kameras verdeckte Raubtierkiste. Das war der Punkt A. Meinen alten Bus stellte ich versteckt auf die andere Straßenseite zum Reinlaufen für Ken. Das war Punkt B. Wird Kens Liebe so stark sein, dass er wirklich alles ignoriert und nur mich und den Bus sieht und zu mir kommt? Ich hoffte darauf, das er ja schon andere Tiere und viele Menschen von den Karl-May-Festspielen her kannte. Aber, reichte das aus? Alle gingen auf ihre Positionen. Ich sperrte Ken in die Kiste. Ein Helfer musste das Gitter der Kiste mit Hilfe eines Seils aus großer Entfernung hochziehen. Ich schmuste vorher mit Ken noch, damit die Bindung zu mir verstärkt wird. Dann ging ich über die große breite Straße zu meinem alten VW-Bus in Position, breitete meine Arme ganz weit aus und rief nach den Worten des Regisseurs „Action!" mit Leibeskraft: „Ken, Ken, komm zu mir!" Zur gleichen Zeit setzten sich auch die flüchtenden Menschen und die Ziege in Bewegung, Bombenexplosionen wurden gezündet, Filmautos fingen an zu brennen - und da mittendurch sollte nun der Löwe laufen! Ken setzte sich in Bewegung. Er sah nur mich. Lief, nicht zu schnell und nicht zu langsam, genau das richtige Tempo, direkt in meine Arme und ich drückte ihn ganz fest an mich. Tränen der Freude standen in meinen Augen. Der Auftrag war erfüllt. Jubel und Applaus gab es vom gesamten Filmteam. Glücklich und kaputt führen wir wieder nach Hause.

# Die EWG-Sendung

**W**ieder einmal ging ich mit Ken an der Leine spazieren, als meine Büroangestellte uns entgegen kam und sagte: „Der NDR hat angerufen. Sie brauchen einen Löwen und noch andere Tiere für die Kuhlenkampf-Sendung ‚Einer wird gewinnen'. Bei der Live-Sendung sollen alle Tiere gemeinsam ganz ruhig auf der Bühne stehen, ohne Nervosität zu zeigen." Die Macher dieser Erfolgssendung, mit dem schon leider verstorbenen Hans-Joachim Kuhlenkampf, hatten mit Tieren vorher keine besonders guten Erfahrungen gemacht. Nach längeren Telefonaten bekam ich tatsächlich den Auftrag. Ken sollte dabei, zusammen mit einem Pferd, einem Emu und einem Schwein, auf die große Bühne gehen und an den vorher gekennzeichneten Punkten längere Zeit ganz ruhig stehen bleiben. Das hört sich leichter an, als es ist. Man muss dabei bedenken, dass bei einem Film eine Szene wiederholt werden kann, wenn diese nicht gelungen ist. Bei einer Fernseh-Live-Sendung geht das nicht. Alles muss sofort funktionieren, nichts kann wiederholt werden. Die Sendungsmacher hatten auf Grund ihrer schlechten Erfahrungen mit Tiertrainern und deren Tieren kein gutes Gefühl dabei, dennoch wollten sie mit diesem Risiko diese Sendung machen. So bereitete ich meine Tiere Zuhause für diesen Auftritt vor. Dabei zeigte Ken an dem großen Emu Interesse. Dieses Emu hatte ich mir aus einem Zoo ausgeliehen. So gewöhnte ich alle Tiere sehr behutsam aneinander. Kens große Liebe zu mir machte es ein wenig leichter. Die Abstände zwischen den Tieren ließen wir immer enger werden. Das Vortraining war dann erfolgreich abgeschlossen. Aber das Vortraining Zuhause ist eine Sache. Ein großes Studio oder eine große Bühne mit ein paar tausend Zuschauen in der Kieler Ostseehalle ist eine andere. Scheinwerfer, fahrende Kameras und vor allem die nervöse Spannung der Fernsehmitarbeiter bei so einer großen Live-Sendung machten das ganze für die Tiere nicht leichter. Die Gewöhnung, aber vor allem die tiefe Bindung zu ihren Trainern, ist von großer Bedeutung, dass die Tiere, so auch Ken, nicht ausrasten. Ausrastende Tiere in einer Live-Sendung ist der Alptraum eines jeden guten Trainers. Dann würde man sehen, dass der Trainer keine gute Arbeit gemacht hat. Nach zwei Gewöhnungstagen in Kiel war es dann soweit – die Sendung begann. Hinter der Bühne mussten wir früh genug, mindestens 15 Minuten, in engen Räumlichkeiten auf unseren Auftritt warten. Dabei versucht man seine innere Ruhe, sofern man sie hat, auf das Tier zu übertragen. Dann war es soweit. Meine Tierkarawane, mittendrin Ken, setzte sich in Bewegung und alle nahmen die vorgegebene Standposition ein. Ken lag wie ein großer Pascha auf seinem Punkt. Einmal stand er auf, legte sich aber auf ein Handzeichen von mir gleich wieder hin. Er war so auf mich fixiert, dass ihm alles andere scheinbar egal war. Hans-Joachim Kuhlenkampf ging wie üblich mit mehreren Kandidaten vor den Tieren auf und ab und stellte die Quizfragen. Alle Tiere standen ruhig und sicher und so haben wir die große Bühne auch wieder verlassen. Der Erfolg war riesig. Mehrere Leute vom Fernsehen gratulierten uns und wollten gleich Visitenkarten von mir haben. Danach habe ich noch 12 weitere Sendungen mit Kuhlenkampf gemacht. Auch diese Sendungen wurden alle erfolgreich abgeschlossen.

# Liebe mit Folgen

Jedes Jahr im Sommer, von Mai bis September, zeigte ich auf meiner kleinen Tierfarm in einem kleinen Freilichttheater, was wir selbst gebaut hatten, ein Theaterstück mit Tieren und später Tiervorführungen. Darin warb ich für mehr Verständnis für Tiere und zeigte dem Publikum, wie man Tiere ohne Strafen trainiert. In dem Theaterstück, was ich selbst geschrieben hatte, spielte ich die Hauptrolle und kämpfte gegen das Böse und die Tiere halfen mir dabei. Es war eine aufwendige Produktion mit 35 Mitwirkenden und vielen schönen Kostümen. Wir hatten viele Regentage und die Zuschauerzahlen hielten sich daher in Grenzen. Alle, die dieses Stück ‚Shanun' sahen, waren begeistert. Dennoch reichten die Zuschauerzahlen nicht aus, um die Kosten zu decken. Wir gerieten in die roten Zahlen und hatten einen finanziellen Einbruch. Das Theaterstück wurde abgesetzt und ich konzipierte diese Tiervorführungen. Jeden Samstag und jeden Sonntag wurden diese Vorführungen zum Glück viele Jahre lang gut angenommen. Mein Löwe Ken war immer der Superstar in meinen Shows. Mit ihm konnte ich vielen Menschen sichtlich begreiflich machen, wenn man Tiere lieb und fair behandelt, das Tiere trainerische Höchstleistungen erbringen. Eines Tages war unter den Zuschauern ein Mädchen, das sich für meine Arbeit, aber noch mehr für mich interessierte. Ich interessierte mich auch für dieses Mädchen so, dass ich Text- und Sprechblockaden während meines Auftrittes hatte. Es war Liebe auf den ersten Blick für uns beide. Da ich damals viele weibliche Mitarbeiter hatte und einige in mich ein bisschen verliebt waren, habe ich diesen Mädchen mit meiner großen Liebe Julia nicht weh tun wollen, obgleich ich nie etwas mit ihnen gehabt habe. So hielt ich meine Liebe zu Julia vorerst geheim. Allmählich bemerkten einige Mitarbeiter dennoch, dass ich irgendwie anders geworden bin. So kam es auch, dass ich mich „geoutet" habe. Das Verhältnis zwischen meiner gutaussehenden Julia und mir war somit offenkundig. Immer schon sind meine Beziehungen daran gescheitert, dass durch meine Tiere zu wenig Zeit für ein sogenanntes „Privatleben" zur Verfügung stand. Eine ehemals geplante und groß vorbereitete Verlobungsfeier ist geplatzt, weil mein kleiner Bär plötzlich krank geworden war. Ich traf abends erst gegen 23 Uhr wegen des kranken Bärens zur Feier ein. Es gab damals einen riesen Krach und ich ließ daraufhin die Verlobung platzen. Meiner Julia erzählte ich natürlich auch davon und auch von diesen ewigen Zeitproblemen, die ich immer hatte. Julia aber meinte, wir können diesen Problemen aus dem Wege gehen, wenn sie mir jeden Tag bei der Arbeit helfen würde. Der Gedanke gefiel mir und so taten wir es dann auch. Am Anfang lief alles wunderbar. Meine Gefühle für Julia waren gewaltig und so bemerkte ich auch nicht, dass für meine Tiere nicht mehr die tiefe Aufmerksamkeit da war. Bis ich eines Tages merkte, dass Ken irgendwie anders geworden war. Wenn ich zu ihm ging, um Kopf an Kopf mit ihm zu schmusen, war das von seiner Seite aus nicht mehr so anhaltend wie früher. An manchen Tagen, wenn er auf seinem hoch gebauten Liegebrett lag, wendete er sich von mir ab. Ich hatte den Eindruck, dass er verlegen und auch beleidigt war, wenn ich ihn ansprach. Bei den sonntäglichen Tiervorführungen kam Ken immer in meine Arme gelaufen, wenn ich ihn rief. Doch immer öfter lief er einfach vorbei oder legte sich schon 4 Meter vor mir hin. Was war los? Mein erster Gedanke war, Ken tut bestimmt irgendetwas weh. Wir untersuchten ihm, so weit es ging, die Zähne, die Blutwerte, die Gelenke und ob er Bauchschmerzen hatte. Doch alles schien in Ordnung zu sein. So kam ich zu dem Entschluss, mehr Zeit mit Ken zu verbringen. Ich wollte wissen, was da los ist. Die heiße Liebe zu Julia hatte sich inzwischen normalisiert. Und es trat ein, was ich ganz insgeheim befürchtet hatte – Julia war es nicht recht, dass ich so viel Zeit mit meinen Tieren verbrachte. Es kam immer öfter zu Reibereien. Nicht, dass ihre Liebe zu mir nachgelassen hätte, im Gegenteil. Wenn ich mit anderen weiblichen Menschen besonders freundlich umging, zog Julia ein düsteres Gesicht. Wenn ich andere Mädchen offen ansah, dann war der Streit, der dann ca. 4 Stunden später begann, schon vorprogrammiert. In diesen Phasen ging ich oft zu Ken, um mir die nötige Aufmerksamkeit und vielleicht auch Schmuseeinheiten abzuholen. Wenn gleich die Schmusephasen nicht mehr so intensiv waren wie früher. Das gefiel Julia natürlich überhaupt nicht mehr. Mein Verhältnis zu ihr kühlte immer mehr ab. Je mehr mein Verhältnis zu Julia abkühlte, desto stärker wurden Kens Zuneigung und Schmuseeinheiten zu mir! Julia und ich führten nachts lange Gespräche und fassten gute Vorsätze unsere Beziehung zu verbessern. Doch diese Vorsätze hielten nicht lange an. Und so kam, was kommen musste. Julia und ich trennten uns in aller Freundschaft. Ich weiß, dass es für ein Mädchen auch nicht leicht sein muss, mit einem wie mir zusammen zu leben. Als Julia dann weg war, hatte ich noch eine Weile darunter zu leiden. Kens Zuneigung, die wieder wie in alten Zeiten war, half mir darüber ein wenig leichter hinweg.

## *Tatort – Tod im Elefantenhaus*

Nach dieser Beziehung versuchte ich mich mit noch mehr Arbeit abzulenken. So war ich sehr froh, als ich den Auftrag für den Tatort ,Tod im Elefantenhaus' bekam. Der Drehort war in Hamburg – Hagenbecks Tierpark. So fuhr ich mit meinen Mitarbeitern und Ken, der inzwischen einen ordentlichen und behördlich abgenommen Transport-Raubtierwagen hatte, nach Hamburg. Gedreht wurde nachts. Das Drehbuch sah vor, dass der Kommissar, gespielt von Charles Brauer, von oben über einen Felsen in ein Löwengehege fallen soll. In diesem Gehege befand sich ein wilder Zoolöwe,

21

gespielt von Ken. Schauspieler und Ken waren somit zusammen im großen Freigehege – ohne Gitter oder Glaswand. Im Vordergrund stand der Schauspieler und hinter ihm stand Ken. Nun musste der Kommissar zu einem Ausgang mit Gitter laufen und Ken musste ihn in geringem Abstand verfolgen. Im Timing lag die Schwierigkeit, aber auch die Gefahr. Es musste so sein, wenn der Kommissar die rettende Ausgangstür erreicht hat und diese hinter sich zuschlägt, musste Ken nur 2 Sekunden später ebenfalls an dieser gerade zugeschlagenen Gittertür den wütenden Löwen spielen. Ich gab Ken laufend, für den Zuschauer nicht hör- und sichtbare, Stimm- und Handzeichen. Für den Notfall hätte ich Ken blitzschnell bremsen müssen. Die Einstellung klappte gleich beim ersten Mal und es sah alles super echt aus. Der Kommissar hatte tatsächlich Angst, was auch völlig normal ist, wenn man nicht täglich Löwen um sich hat. Auf jeden Fall fand ich es unheimlich mutig von den Schauspielern diese Szene ohne Double selbst auszuführen. Auch dieser Film war ein voller Erfolg für Ken und mich.

## Blauweiße Geschichten mit echtem Löwen

Dass Bayern auch sehr schön sein kann erfuhren Ken und ich, als wir in der Nähe von München den nächsten Auftrag übernommen hatten. In der TV-Serie „Blauweiße Geschichten" musste Ken einen Zirkuslöwen spielen, der ausbricht, durch die Straßen läuft und letztlich erst in den Garten und dann noch in das Haus des Hauptdarstellers, Gustl Bayerhammer, eindringt. Die erste Einstellung war der Ausbruch aus dem Raubtierwagen. Ein Tierpfleger vergaß, die Gittertür des Raubtierwagens, in dem Ken saß, richtig zu zuschieben. Ken schob diese Tür langsam auf und lief dann ins Freie. Es musste alles frei gedreht werden, da nicht genügend Gitter vorhanden waren, um die vorgesehene Laufstrecke abzusichern. Belastend kam noch hinzu, dass direkt neben unserem Drehort eine Bundesstraße verlief. Ein Teil der Laufstrecke war ohne Gitter und der nette Regisseur fragte mich, ob ich es trotzdem machen würde, dass der Löwe frei läuft. Ein Stahlseil bei Ken anzubringen war ja nicht möglich, denn das würde man im Film ja sofort sehen. Es dauerte wohl zwei Stunden bis ich mich entschieden hatte. Immer wieder ging ich zu Ken und schaute ihn mir an, versuchte in seine Gedanken reinzukommen. Der laute Lärm der nah verlaufenden Bundesstraße machte es mir schwer mich zu konzentrieren. Auch Ken schien ein bisschen nervös zu sein. Was ist, dachte ich, wenn er auf mein Rufen nicht in meine Arme gelaufen kommt und auf die Bundesstraße rennt? Schweißgebadet versuchte ich immer wieder geistigen Einfluss auf den nervösen Ken zu nehmen. Diese Nervosität war für außenstehende Personen nicht so sichtbar, doch ich spürte sie genau! Meine Schmuseaktionen mit ihm waren von seiner Seite aus nicht tiefgründig genug. Also ließ ich ihn merkbar links liegen, gab ihm Wasser zu saufen ohne ihn dabei zu streicheln, was ich sonst immer tat. Ich zeigt ihm so richtig die kalte Schulter. Nach einer Weile testete ich ganz kurz, ob er auf ein liebes Wort von mir reagiert, und siehe da, er tat es sofort und fing spontan an, mit mir zu schmusen. Ich erwiderte das Schmusen jedoch nicht und ließ ihn wieder unbeachtet. Sofort ging ich zum Regisseur und sagte, dass wir das freie Laufen augenblicklich drehen müssen. Es ging los. Nun war ich mir sicher, dass Ken auf mich zukommen wird, weil er meine Liebe suchte und schmusen wollte. Das Gitter vom Raubtierwagen wurde aufgezogen und ich saß kniend, für die Kamera nicht sichtbar, in ungefähr 250 Meter Entfernung, breitete meine Arme aus und schrie: „Ken, komm her!". Mein Freund Ken lief genau den vorgegebenen Weg – unter zwei anderen Zirkuswagen durch, den kleinen Gehpfad entlang – direkt in meine Arme und war glücklich, so wie ich. Das Filmteam und der Regisseur konnten aufatmen und gratulierten uns. Damit war die erste Hälfte unseres Auftrags erfüllt. Die zweite Hälfte, im Garten und im Wohnzimmer, sollten noch besser werden.

Ken musste bei dieser Szene durch den Vorgarten einer Wohnsiedlung laufen. Die Bewohner dieser Straße wurden kurzfristig informiert und gebeten alle Fenster und Türen zu verschließen und ihr Haus nicht zu verlassen! Ken sollte eine kleine Straße hinunter, durch eine Tür in den vorgegebenen Vorgarten und auf die Haustür zugehen.

Die Kamera war positioniert und das Bild der freien Straße mit dem Löwen im Visier. Aber scheinbar hielten es die Bewohner vor lauter Neugier nicht länger in ihren Häusern aus. Immer wieder waren gaffende Hausbewohner im Kamerabild zu sehen. Wir mussten die Szene mehrmals drehen, damit wir mal ein Bild ohne gaffende Hausbewohner hatten. Ken blieb total gelassen. Er hatte offenbar Spaß daran die verzweifelten Filmleute zu erleben, die die neugierigen Hausbewohner in ihre Häuser zurückschicken mussten. Zu guter letzt konnten wir die Szene dann in den Kasten kriegen, wie man beim Film so schön sagt.

Die löwenstarke Leistung fand dann im Wohnzimmer statt. Gustl Bayerhammer hatte wohl Angst vor dem Löwen, wie man mir sagte. Ich konnte es durchaus verstehen. Das Wohnzimmer war sehr klein und durch Tisch und Sofa sehr beengt. Also drehten wir ohne den Hauptdarsteller. Ken sollte durch die Terrassentür in das Wohnzimmer kommen – alles frei und ohne Gitter. Die Kamera wurde in einer Ecke des Zimmers aufgebaut. Zum Schutz der Filmleute wurden nur ein kleines, 1 Meter hohes Gitter und ein paar, ebenfalls nur 1 Meter hohe Tischplatten aufgestellt. Diese kleine Absperrung hatte aber nur eine psychologische Funktion – ein wirklicher Schutz war sie nicht. Ken betrat das Wohnzimmer. Er wirkte in diesem kleinen Raum so unglaublich groß und mächtig.

Nun musste er auf den Wohnzimmertisch zugehen und sich genau mit seinem Kopf vor die linke Tür des Wohnzimmerschranks legen. Die Kamera hatte eine sehr enge Einstellung. Ken musste sich daher millimetergenau an dem vorgegebenen Punkt hinlegen. Hätte er sich zu früh oder zu spät hingelegt, wäre sein Kopf aus dem Bild der Kamera verschwunden. So musste ich Ken, auf Handzeichen, aus der Entfernung dirigieren. Dabei musste ich die Laufgeschwindigkeit und die Reaktionszeit des Löwen auf meine Kommandos genau kalkulieren. Ken musste also ganz genau und sofort auf meine Handzeichen reagieren. Solch eine präzise Arbeit mit einem 6 Zentner schweren Löwen geht nur mit geistiger Verschmelzung und tiefer Liebe. Die Szene musste zweimal gedreht werden, dann war sie zur Freude aller im Kasten.

Die Momente der Angst und die Momente der Freude bei solchen Dreharbeiten haben mich mit meinem Löwen Ken verbunden. Die Verschmelzung zwischen uns war so stark, dass ich zeitweise sogar seine Gedanken lesen konnte. Und doch sollte alles noch anders werden, wie sich einige Jahre später herausstellte.

## *Die Schwarzwaldklinik und ihre Folgen*

Es muss im Januar gewesen sein, als ich wieder einmal an meinem Schreibtisch saß und vor totaler Müdigkeit einschlief. Ich träumte, das Telefon klingelt, bis ich nach einer Weile merkte, dass es kein Traum war, sondern, dass dieses Klingeln echt war. Am Ende der Leitung war der Filmproduzent Wolfgang Rademann. Er erzählte mir, unter dem Siegel der Verschwiegenheit, dass er eine neue Fernsehserie drehen will. Dafür bräuchte er einen kleinen Mischlingshund. Diese Anfrage war noch ganz geheim und ich durfte niemandem etwas darüber erzählen. Der damalige Regisseur Alfred Fohrer, der inzwischen leider verstorben ist, erzählte mir seine Vorstellungen über die Rolle des kleinen Hundes. Bei einem späteren Treffen stellte ich ihm dann meinen Mischlingshund Jerry vor. Alle Filmleute, die ihn sahen, fanden diesen kleinen Mischlingshund ansprechend und liebenswert. Somit stand der Vertragsunterzeichnung nichts mehr im Wege!

Jerry spielte sich in die Herzen der Menschen! Als wir dann schon zahlreiche Folgen der Schwarzwaldklinik mit Jerry gedreht hatten, versuchte ich meinen Löwen Ken in einer der Folgen mit unter zu bekommen. So schrieb ich eine Geschichte in Exposé-Form für Ken in einer der Folgen. Dann schickte ich das Exposé zu dem Autor der Schwarzwaldklinik, Herbert Lichtenfeld, der ein großer

Katzenfreund war. Dieser großartige Buchautor schrieb alle Folgen der Schwarzwaldklinik. Er fand, dass die Geschichte gut sei und schrieb daraus ein Drehbuch, welches dann auch verfilmt wurde. Ich spielte in dieser Folge einen Löwendompteur.

Somit hatte ich nicht nur meinen Hund Jerry sondern auch meinen Löwen Ken in einer Traumrolle untergebracht und sogar ich hatte in dieser Folge mein Debüt als Schauspieler. Ken musste auch hier einen Löwen spielen der aus einem Raubtierwagen ausgebrochen war. Und somit begann das große Abenteuer in zweierlei Hinsicht, wie sich später noch herausstellen sollte.

Ken hatte ich auf seine Rolle gut vorbereitet und auch ich hatte meinen Text für die Schauspielerrolle gut gelernt. Der Tag der Dreharbeiten rückte immer näher. So mietete ich mir einen 18 Meter langen LKW, in dem Ken und alle Gegenstände, sowie Sicherheitsgitter und Kühltruhen fürs Raubtierfleisch, untergebracht werden konnten. Mit großer Freude und voller Erwartung fuhren wir dann in den Schwarzwald, ins Glottertal. Unsere große Freude wurde dann auch bald gebremst, als wir bzw. der LKW-Fahrer feststellen musste, dass man mit dem großen langen LKW die engen Bergstraßen nicht befahren konnte. Ken musste in einem kleinen Raubtierwagen untergebracht und so an die eigentlichen Drehorte gefahren werden.

Ich legte großen Wert darauf, dass sich Ken erst einmal zwei Tage lang nach der zehnstündigen Autofahrt, erholen konnte. Kens Liebe zu mir durfte nicht gemindert werden. So verbrachte ich die meiste Zeit der zweitägigen Erholungsphase bei Ken am Raubtierwagen. Für Ken war es immer das Größte, mit mir spazieren zu gehen! Hier im Schwarzwald mit einem Löwen spazieren zu gehen, konnte, wenn einige Leute davon erfahren würden, erhebliche Konsequenzen für uns haben. Dennoch, Ken musste raus, er wollte laufen und ich würde dadurch sicherlich einige Pluspunkte bei Ken erzielen, die ich gerade in den ersten Drehtagen dringend brauchte.

Die Abenddämmerung brach herein und ich holte meinen Löwen Ken aus seinem Wagen. Dabei überprüfte ich das Halsband und die Leine noch einmal auf Sicherheit. So gingen wir beide in den nahe angrenzenden Wald. Ken war außer sich vor Freude, immer wieder sprang er mich an, drückte liebevoll seinen großen Kopf an meinen Kopf. Wir beide waren glücklich. So gingen wir auf einen, relativ breiten Spazierweg, durch den in Dämmerung liegenden, schönen Schwarzwald.

Plötzlich blieb Ken stehen und ging ganz langsam mit seinen Vorderpfoten in eine Lauerstellung. Ich dachte sofort an Hirsche oder Hasen, die er gehört haben könnte. So sehr ich mich auch anstrengte, ich konnte weder einen Hasen, noch einen Hirsch sehen oder hören. Natürlich wusste ich, dass mein Löwe viel besser hören konnte, als ich. Was würde uns jetzt erwarten, fragte ich mich. In diesen Gedanken vertieft, tauchte plötzlich in ca. 80 Meter Entfernung vor uns ein Liebespärchen auf. Eng umschlungen kamen sie hinter einem großen Busch hervor und direkt auf uns zu. Blitzschnell zog ich Ken zu mir und sprang mit ihm in zwei großen Sprüngen hinter einen anderen großen Busch. Mit dem Kommando ‚Down' brachte ich Ken dazu, fest auf dem Boden liegen zu bleiben. In der Stille des Schwarzwalds hörte ich dann die junge Frau zu ihrem Freund sagen: „Da war doch ein Tier!".

Der Freund erwiderte immer wieder: „Da war nichts. Du siehst Gespenster!". Beide kamen immer näher auf uns zu. Plötzlich blieben sie stehen und schauten in Richtung des Busches, hinter dem Ken und ich verkrampft lagen. Aus Angst, entdeckt zu werden, imitierte ich ganz leises Grunzen eines Wildschweins. Ken schaute mich dabei merkwürdig an, als wollte er sagen: „Was machst du eigentlich?" Aber der Trick funktionierte. Das Liebespaar entschloss sich schnellen Fußes eine andere Richtung einzuschlagen. Mit großer Erleichterung ging ich dann mit Ken zurück zu seinem Gehege. Ich erzählte niemandem etwas von unserem abenteuerlichen Spaziergang durch den Schwarzwald. Das blieb unser Geheimnis.

## Der erste Drehtag mit Folgen

Der Marktplatz eines kleinen Städtchens im Schwarzwald, Löffingen, wurde durch Kens Aktionen weltberühmt. Wir platzierten den kleinen Raubtierwagen mit Ken hinter einem Torbogen des Marktplatz in Löffingen. Wir bauten die Schutzgitter um den Raubtierwagen herum auf, um Ken vor den Leuten, die sich inzwischen zu ein paar 100 angesammelt hatten, zu schützen. Immer wieder wollten die Menschen den Löwen streicheln. Eine Mutter mit ihrem dreijährigen Kind auf dem Arm, ging auf das Raubtiergitter zu und sagte zu ihrem Kind: „Nun streichle mal den Löwen!" Meine eigenen Sicherheitsleute ließen es zum Glück nicht dazu kommen. Sie rissen die Frau mit ihrem Kind vom Gitter weg, bevor das Kind den Arm durch die Gitterstäbe stecken konnte. Die Frau beschimpfte uns daraufhin.

Nach dieser Aufregung holte ich Ken aus dem Wagen und postierte ihn genau nach Anweisung des Regisseurs am oberen Ende des Marktplatzes. Ken sollte nach der Regieanweisung den Marktplatz in einem mittleren Tempo überqueren und direkt auf die Eingangstür einer Apotheke zulaufen. Hört sich doch ganz einfach an, denkt man. Aber das dicke Ende kommt noch, wie man so schön sagt. Direkt vor dem frei laufenden Ken sollten Menschen auseinanderlaufen, darunter ein Zimmermann, ein Schornsteinfeger, ein Postbote und einige Frauen mit flackernden Kleidern. Ken sollte und durfte auf gar keinen Fall hinter einer von diesen Personen herlaufen. Ken musste so, wie jetzt kalkuliert, für die Kamera nicht sichtbar, in meine Arme

laufen. Ich hockte am anderen Ende des Marktplatzes und breitete meine Arme aus. Es wurde mit zwei Kameras gleichzeitig gedreht. Ken lief von der Ecke des oberen Marktplatzes los, genau im richtigen Tempo, dirigiert durch meine Hände. Vor ihm liefen die Menschen auseinander, der Polizist, der Schornsteinfeger, der Postbote und die vielen Frauen mit ihren Kleidern. Ken durfte keiner dieser Personen nachlaufen, er hätte sie sonst töten können. Ich musste die ganze Aufmerksamkeit von Ken unbedingt fest bei mir behalten. Der so genannte geistige Draht durfte auf gar keinen Fall abbrechen, sonst hätte Ken nicht mehr auf mich reagiert. Und es kam, wie es kommen sollte, so wie ich es kalkuliert hatte. Ken lief wieder direkt in meine Arme, natürlich nicht sichtbar für die Kameras. Die Einstellung war wieder mal im Kasten. Große Erleichterung und große Bewunderung über diesen einzigartigen Löwen.

## Wie Ken aus der Rolle viel

**De**r Regisseur ordnete eine Drehpause an, um mit mir die neue Filmszene zu besprechen. Mein Löwe Ken lag neben mir zu meinen Füßen, ganz brav, wie ein Hund. Der Regisseur kam zu mir und erklärte die nächsten Einstellungen. „Der Löwe kann ruhig liegen bleiben", sagte der Regisseur zu mir, „denn ich kenne mich aus. Mit Löwen habe ich schon in Kenia gedreht." Dabei stellte er sich direkt an den Löwen. Das war natürlich für die ca. 20 Fotografen ein riesiges Bild: Der Regisseur direkt neben einem Löwen. Während wir uns unterhielten legte, Ken seine große Tatze auf den Schuh des Regisseurs, ganz liebevoll. Dieser bemerkte es wohl am Anfang gar nicht, doch als er es dann bemerkte, zog er seinen Fuß blitzschnell weg. Das löste bei Ken natürlich sofort einen Reflex aus und die Krallen der großen Tatze schossen in den Schuh und hielten ihn fest. Dadurch wird eine Instinkthandlung, ein natürlicher Ablauf, ausgelöst. Das heißt, nach dem Festhalten kommt das Zubeißen. Das alles ging sehr schnell und ehe wir uns versahen, lag der Regisseur am Boden, Ken hielt seinen Fuß fest und biss ihm in das Schienbein. Ich warf mich sofort dazwischen, um Ken sein Maul aufzudrücken, damit er den Regisseur wieder loslässt. Dieses gelang mir auch und so konnte ich Ken von dem Regisseur losbekommen. Da Ken nur mit den Schneidezähnen zugebissen hatte, entstand eine relativ kleine Wunde mit Hautablösung am Schienbein. Der Regisseur wurde daraufhin sofort in ein Krankenhaus gefahren.
Ich denke, dass hier ein Fehlverhalten des Regisseurs vorlag. Hätte er sich mit Löwen wirklich ausgekannt, dann hätte er seinen Fuß nicht so schnell weggezogen. Ich wusste jedenfalls, dass Ken keine Schuld traf. Er war danach auch wieder ganz liebevoll. Die Hunderte von

Zuschauern, die auf dem Marktplatz standen, sahen das nicht so. Erst wollten sie alle den Löwen verharmlosen und streicheln und jetzt danach riefen sie „Mörderbestie!" Dieser Unfall hatte zur Folge, dass die Dreharbeiten für zwei Wochen unterbrochen wurden. Von Seiten der Filmproduktion machte man mir auch keine Vorwürfe und die Versicherung bezahlte anstandslos den Ausfall.

Diese blitzschnelle Löwenhandlung brachte nur einem Fotografen das große Geld. Er war der einzige Fotograf, von den vielen Anwesenden, der blitzschnell auf die Kamera gedrückt hatte, als Ken zubiss. Dieses Bild ging um die ganze Welt und machte die Schwarzwaldklinik über Nacht berühmt. Kens Löwenbiss war auf fast allen Titelseiten der größten Zeitungen unserer Erde. Sogar in China erschien das Bild auf der Titelseite einer Tageszeitung. Der Regisseur ließ sich von diesem Bild sogar Autogrammkarten machen und hing das zerrissene Hosenbein, eingerahmt, über das Sofa seines Wohnzimmers, wie mir später einige Leute erzählt haben.

Nach 14 Tagen kam der Regisseur wieder aus dem Krankenhaus und die Dreharbeiten konnten fortgesetzt werden. Die Versicherung forderte verschärfte Sicherheitsmaßnahmen. Dies hatte zur Folge, dass nun Kamera, Ton und Regiemitarbeiter in einem großen Käfig eingesperrt wurden, um von dort aus alle erforderlichen Aufnahmen zu drehen. Es war schon ein komisches Bild, alle in einem großen Käfig sitzen zu sehen und mein Löwe lief frei vor ihnen herum und spielte seine Rolle. Die weiteren Dreharbeiten erfüllte mein guter Freund Ken in aller höchster Perfektion. Er zeigte alles, was ich ihm einst beigebracht hatte.

## Auf den Spuren von Ernest Hemingway

Es war im Januar. Draußen war es bitterkalt. Ich saß wieder mal am Schreibtisch um die lästigen Büroarbeiten zu erledigen und wieder einmal klingelte das Telefon. Bernhard Sinkel, ein bekannter Regisseur, war am Telefon. Vor ca. drei Jahren hatte ich mit ihm den Film ‚Väter und Söhne' mit Burt Lancester gedreht. Von meiner damaligen Arbeit waren alle begeistert und deshalb sollte ich wieder bei einer neuen Filmproduktion einen Trainerauftrag bekommen. Dazu brauchte man einen perfekten, gut funktionierenden Löwen.

Wir unterhielten uns eine Zeit lang über die Aufgabenstellung des Löwen. Gedreht werden sollte in Afrika. Eine Woche später bekam ich tatsächlich den Auftrag für den Film ‚Hemingway'. Nun gab es wieder viel zu tun und eine Menge vorzubereiten. Die Aufgabenstellung in diesem Film war für Ken besonders schwierig. Bevor wir mit dem Training anfangen konnten, musste ich Ken erst einmal an eine große Flugkiste gewöhnen. Die Versicherung der Filmproduktion verlangte einen zweiten Löwen, falls Ken einmal krank werden sollte oder ausfällt. So habe ich meinen zweiten Löwen Pango ebenfalls trainieren müssen. Nach Angaben der Lufthansa wurden dann zwei große Flugkisten für die Löwen gebaut.

Beide Löwen wurden vier Wochen lang an die Flugkiste gewöhnt, damit der Transport für sie keinen Stress auslöst. Das Trainingsprogramm war so ausgerichtet, dass sich die Löwen in dieser Kiste geborgen fühlen, also keinerlei Angst haben sollen. Auch das Einsteigen und das Aussteigen mussten die Löwen mit großer Gelassenheit hinnehmen. Um es gleich vorweg zu nehmen, mein alter Löwe Pango kam in Kenia nie zum Einsatz. Ken hatte alle Szenen  gespielt. Über dies hinaus verstand es Ken auch, die ganze Aufmerksamkeit auf sich zu lenken, wie man noch sehen wird.

Das weitere Trainingsprogramm konzentrierte sich nun darauf, dass Ken und auch Pango über große Entfernungen von mir mit Handzeichen und Zurufen dirigiert werden konnten. So lernte es Ken, auf Zuruf und auf Handzeichen, sich hin zu werfen, wenn zum Beispiel ein Schuss fällt. Mein alter Löwe Pango konnte das zwar auch, aber nicht in der Perfektion. So waren die Tiere für den langen Transport und für die Dreharbeiten gut vorbereitet. Der Transport konnte beginnen. Meine Bedingungen bestanden darin, dass ich ständig, jede Sekunde, bei meinen Löwen vor der Kiste sein durfte. Die wurde auch von der Filmproduktion und der Lufthansa akzeptiert. Während des ganzen langen Transportes, von Frankfurt nach Kenia, waren meine beiden Löwen Ken und Pango keine einzige Minute allein. Bevor es jedoch zur Verladung kam, habe ich beide Löwen einen Tag vorher ordentlich müde spielen lassen, damit sie während des Transportes viel schlafen. Auf Beruhigungsmittel habe ich ganz bewusst verzichtet. Es ist besser, wenn mich die Tiere wahrnehmen können und auf meine beruhigenden Worte reagieren. Der Flug von Frankfurt nach Kenia dauerte 10 Stunden. Nach 10 Stunden Flugzeit landete die Maschine auf dem Flughafen in Nairobi. Es war schon ein komisches Gefühl, als die großen Ladeluken aufgingen und mir die afrikanische Luft ums Gesicht

strich. „Schaut her", sagte ich zu meinen Löwen, „hier lebten einst eure Vorfahren. Ich bin gespannt, ob es euch hier auch gefallen wird."
Beide Löwen wurden dann vom Flugzeug aus auf zwei große LKWs verladen. Es dauerte noch gut zwei Stunden bis wir unser Basis-Camp erreicht hatten. Alles war gut vorbereitet, als wir ankamen. Ein erfahrener Wildhüter und sechs farbige Eingeborene standen uns als Helfer zur Verfügung. Die Löwen waren in einem doppeltgesicherten Gehege untergebracht. Diese Gehege wurden nachts besonders gut bewacht, denn mitten in der Wildnis war damit zu rechnen, dass auch wilde Löwen sich meinen Löwen nähern würden, von dem ich später noch erzählen werde. Als ich dann die

Löwen in dem Gehege gut untergebracht hatte, war es bereits dunkel geworden. Wir saßen noch eine Weile am Lagerfeuer, mitten in der Wildnis von Afrika. Direkt neben dem großen Löwengehege war mein Zelt aufgebaut, so dass ich jederzeit schnell zu meinen Löwen gelangen konnte.

Neben meinem Zelt war eine einfache, aber durchaus funktionstüchtige, Dusche mit einem großen Wassertank aufgebaut. In dieser Dusche hatten offensichtlich kleine Skorpione ein abendliches Stelldichein. Ich musste immer auf der Hut sein, um von diesen kleinen Kampfmaschinen nicht erwischt zu werden.

Um 6:00 Uhr wurde ich von einem Geschrei der heimischen Vogelwelt geweckt. Noch halb schlafend, trat ich vor mein Zelt und glaubte noch zu träumen. Vor mir präsentierte sich in dem morgendlichen Licht, in weiter Entfernung, der schneebedeckte Kilimandscharo. Das ist ein Augenblick, wie man ihn so schnell nicht vergisst. Meine beiden Löwen ließen sich davon aber nicht beeindrucken, sie schliefen erst mal richtig aus. Fünf Tage hatte ich Zeit, um Ken und seinen Freund Pango an die Umgebung vor dem Kilimandscharo zu gewöhnen.

Die eigentliche Drehgenehmigung für Ken lag von der Regierung in Nairobi immer noch nicht vor und so warteten wir auf den angesagten Regierungsbeauftragten, der erst einmal meinen Löwen Ken in Augenschein nehmen sollte, um zu beurteilen, ob der Löwe, hier in der Steppe von Afrika, frei arbeiten dürfe. Mit einem Tag Verspätung traf der Regierungsbeamte dann schließlich ein. Als ich diesem Beamten dann vorgestellt wurde, verhielt er sich sehr distanziert, um nicht zu sagen, arrogant. Er gab mir nicht einmal die Hand. So setzte sich dieser Beamte ans Fenster eines herbeigebrachten, klimatisierten großen Wohnmobils und ich sollte nun zeigen, das Ken ein voll ausgebildeter Löwe ist. Von dieser Arroganz des Beamten war ich innerlich so wütend und dachte mir, ich werde es Dir schon zeigen, was dieser Löwe kann. Ich holte Ken aus seinem Gehege und ließ ihn frei vor dem Wohnmobil laufen.

Auf den naheliegenden Bäumen verteilt, saßen inzwischen ca. 150 Masais, die das Schauspiel mit großem Interesse beobachteten. Und so ließ ich Ken von links nach rechts laufen, nur von meinen Händen und meiner Stimme dirigiert. Ich ließ Ken in verschiedenen Geschwindigkeiten laufen – ganz langsam, schneller und ganz schnell, auf Zuruf stehen lassen und auf Zuruf und Handzeichen umfallen und tot stellen. Dann brachte ich Ken wieder zurück. Von weitem sah ich das Gesicht des Beamten, wie umgewandelt. Er fing

an zu lächeln und dann nahmen seine Gesichtszüge ein freies, überaus freundliches Lachen an. Er kam aus dem klimatisierten Wohnmobil, gab mir die Hand, bedankte sich und umarmte mich schließlich mit den Worten, auf englisch: „Ich habe so etwas noch nie gesehen!" Die Masais kamen von den Bäumen und schrien wie kleine Kinder vor Freude. Dann kamen jeden Tag um die 200 Masais aus der ganzen Umgebung, um den großen deutschen Blonden und seinen Löwen zu sehen. Viele haben mich zu ihren Familien eingeladen. Ich habe jede Einladung höflich dankend abgelehnt, denn die hygienischen Zustände in den Hütten dieser liebenswerten und stolzen Menschen entsprach nicht meinen gewohnten Vorstellungen.

Die Dreharbeiten begannen. Ken musste immer frei durch die Steppe des Amboseli-Nationalparks laufen. Die Richtungsanweisungen für Ken erfolgten durch Zurufe und dem Dirigieren meiner Hände. Es wurden verschiedene Wege von dem Regisseur vorgegeben.

Das Zulaufen auf den schießenden Hemingway und das Umfallen des Löwen wurde mit einem Schnitttrick gelöst. All das machte Ken großen Spaß. Er war immer gut drauf und seine Bindung zu mir war in dieser fremden Umgebung außergewöhnlich stark!

Wir drehten gerade wieder eine Laufszene mit Ken, als völlig unerwartet eine kleine Elefantenherde in ca. 50 Meter Entfernung, direkt neben Ken auftauchte. Das Filmteam geriet in Panik und rief: „Pass auf, da sind Elefanten!" Ken bekam das sofort mit und schaute zu den Elefanten. Ich schrie aus Leibeskräften: „Ken, komm hier! Ken, komm hier!" Und der König der Tiere schaute wieder zu mir, sah noch einmal kurz zu den Elefanten und kam dann gelassen in meine Arme gelaufen. Ich brachte ihn in seine Unterkunft und wir drehten am späteren Nachmittag weiter. Von dieser Begegnung erzählten die Leute, die das miterlebt hatten, noch viele Jahre lang – Ken und die Elefanten. Nachts kamen die wilden Löwen oft an unser Camp. Es war mit hohem Maschendrahtzaun umgeben und eine zusätzliche, große Hecke Dorngestrüpp bildete einen weiteren Schutzwall. Immer, wenn die Dunkelheit hereinbrach, fingen die wilden Löwen an zu brüllen und Ken und Pango antworteten. Somit zogen sie die wilden Löwen an. Und so kam, was kommen musste: Eines nachts stand eine Gruppe von 8 bis 10 wilden Löwen vor unserem Camp. Die Wildhüter fuhren nun mit ihren Jeeps allnacht Patrouille um das Camp, um die wilden Löwen zu vertreiben. Für die

Wildhüter bedeutete das immer viel Arbeit. Für meine beiden Löwen Ken und Pango war es ein tolles Erlebnis in Afrika, vor den Bergen des ewig schneebedeckten Kilimandscharo.

## *Liebe statt Hiebe*

Die Landtagswahlen in Hessen waren wieder einmal in Vorbereitung. Für eine große Partei sollte ein Werbespot mit einem Löwen gedreht werden. Die Werbeagentur fragte an, ob ich einen großen ausgewachsenen Löwen mit schöner Mähne hätte. Ken war der ideale Schauspieler dafür, so dachte ich. Nachdem ich das Drehbuch mit der Leistungsvorgabe, es war eine schwere Aufgabenstellung, gelesen hatte, gab ich mein Angebot ab. Ein paar Tage später bekam ich die Absage mit der Begründung, dass ich zu teuer sei.

Es waren ca. 4 Wochen vergangen, als plötzlich ein Fax von der Werbeagentur eintraf, die mir vorher die Absage für den Werbespot erteilt hatten. Nun wollten sie mich plötzlich doch mit Ken haben. Über den Sinneswandel der Agentur war ich zuerst verwundert, doch dann erkannte ich den Harken – der Dreh für diesen Spot sollte in Frankfurt schon am nächsten Tag durchgeführt werden. Warum so schnell, dachte ich mir, normalerweise plant man solch einen Drehtag mit so hohem Schwierigkeitsgrad mindestens 4 Wochen vorher. In der Begründung hieß es, man ist schon mitten in den Dreharbeiten und das Drehstudio hat man nur noch einen Tag lang zur Verfügung.

Aus meiner Erfahrung heraus dachte ich mir, da hat man es bestimmt mit einem anderen Löwen und Trainer versucht zu drehen und es hat nicht geklappt. Ich teilte der Agentur mit, dass ich 4 Stunden Bedenkzeit bräuchte, um zu entscheiden, ob ich den so schnell festgelegten Drehtermin am nächsten Tag annehmen kann.

Von der Organisation mit Anmietung eines LKWs, Besorgung von Raubtierfleisch und Verlegungen bestehender Termine wäre der schnelle Drehtermin machbar. Was aber ist mit meinem Löwen Ken? Ist er gut drauf, wird er die schwierige Aufgabenstellung schaffen? So ging ich zu Ken, holte ihn aus seinem Gehege und ging mit ihm durch unseren schönen Garten erst einmal spazieren. Dabei erzählte ich Ken von diesem Auftrag und testete dabei seine Blickreaktionen auf meine Hände, ob seine Kopfbewegung von links nach rechts und wieder zurück überzeugend war. Die Blickbindungsreaktion brauchte ich unter anderem auch für diesen Werbespot in Frankfurt. Ken gab mir das Gefühl, dass wir diesen Auftrag in Frankfurt am nächsten Tag ruhig annehmen sollten. Irgendwie war ich mir aber doch nicht so sicher. Eine Niederlage des Versagens beim Dreh würde Kens und meinem Stellenwert erheblich schaden. Wenn wir schlechte Arbeit abliefern würden ja auch die künftigen Gagen absinken. Hinzu kam auch, dass ich keine Zeit mehr hatte, Ken und mich auf diesen schweren Dreh vorzubereiten. Als diese ganzen Überlegungen mir durch den Kopf gingen, kam Ken ca. 10 m, mit majestätischen Schritten  ruhig auf mich zugelaufen, drückte dann seinen schönen großen Kopf ganz fest an meinen Körper und mauzte dabei. Ich nahm ihn ganz fest in meine Arme und sagte: „Okay, wir machen es, wir fahren morgen nach Frankfurt!"

So teilte ich der Agentur per Fax mit, das ich und ein Raubtierpfleger mit Ken nach Frankfurt kommen.

Da wir das Drehstudio in Frankfurt nicht gleich fanden, wurde es eine kleine Irrfahrt mit dem großen LKW und Tieflader durch den dichten Stadtverkehr. Ich war dadurch schon völlig genervt. Endlich hatten wir das Studio gefunden. Es war ein Kellerstudio mit schmalem Eingang und vielen Stufen. Der Aufnahmeleiter hatte uns schon voller Ungeduld erwartet und sagte, wir müssten es bis 18:00 Uhr abgedreht haben, also fertig sein und wir hatten jetzt nur noch sechs Stunden zur Verfügung! Sechs Stunden lang wollte ich aber mit Ken nicht drehen. „Hoffentlich schaffen Sie das in der Zeit", fügte der Aufnahmeleiter des Drehteams verunsichert hinzu. Über die Bemerkung eines Drehteammitarbeiters: „Oh, der Löwe stinkt ja gar nicht", habe ich mich auch schon sehr gewundert. Warum diese verwunderte Bemerkung ausgesprochen wurde, sollte ich erst sehr viel später erfahren.

Das Studio war ein großer Raum, mittendrin war ein stabiles Rednerpult aufgebaut, dahinter stand eine große Leinwand mit dem Parteiemblem für diesen Werbespot. Drei Kameras waren in Position gestellt, aber ich sah keine Kameramänner, die diese Kamera bedienen konnten. Der Aufnahmeleiter erklärte mir, dass es sogenannte Fernbedienungskameras seien, aus Sicherheitsgründen. „Wieso Sicherheitsgründen", fragte ich. „Wenn ich mit Ken arbeite, können zehn Kameramänner hier herum laufen." Man wollte es doch lieber mit den aufwendigen Fernbedienungskameras machen. Nun gut, wenn die Angst so groß ist, dann machen wir das auch so.

Ich brachte Ken in Position und bekam alle Anweisungen über eine Lautsprecheranlage. Das Studio war menschenleer, es war, wie in einer Geisterbahn.

Ken musste sich hinter das sehr stabil gebaute Rednerpult setzen, eine Tatze darauf legen und seinen Kopf immer auf Kommandos drehen, nach rechts und links, nach oben und unten, dann wieder zurück, immer und immer wieder. Dabei musste er sein Maul bewegen. Und das ganze in verschiedenen Geschwindigkeiten. Und dann das Ganze noch einmal, nun mit beiden Tatzen auf dem Rednerpult, damit man eine große Auswahl hat. In diesem Werbespot wird man zu den Kopfbewegungen eine Männerstimme unterlegen, damit es so aussieht, als ob der Löwe spricht. Aus den vielen Aufnahmen wird man die besten Bewegungsabläufe zusammenschneiden, um sie den entsprechenden Worten anzupassen.

Am Anfang der Dreharbeiten war Ken etwas nervös, aber das lag wohl an mir. Durch die Irrfahrt durch Frankfurt, mit dem großen LKW im dicken Stadtverkehr und die daraus resultierende

Verspätung, war ich nervös. Doch als ich sah, wie stolz Ken hinter dem Rednerpult stand und wie er mich anschaute, gab er mir dann die nötige Ruhe. Wir spielten uns ein bißchen ein und Ken reagierte auf meine Hände und Rufe immer perfekter. Es kam mir vor, als wüsste er, worum es hier geht, als hätte er noch nie etwas anderes in seinem Leben getan, wie einen sprechenden Löwen am Rednerpult zu spielen. Alles lief perfekt! Die Agentur und das Filmteam hatten ca. 6 Stunden Drehzeit kalkuliert. Der ganze Dreh mit Ken dauerte 1 Stunde und 10 Minuten, dazwischen machte ich eine Pause von ca. 20 Minuten.

Am Schluss der Drehaufnahmen klangen über den Lautsprecher des Studios die Worte des Regisseurs „Dankeschön, das war wunderbar!" Und im Hintergrund hörten Ken und ich den Applaus der Mitarbeiter aus dem Regieraum! Es war ein schönes Gefühl für mich und auch für Ken. Ich umarmte ihn ausgiebig und war ganz stolz auf meinen Freund Ken. Dann kamen Fotografen in das Studio und fotografierten uns. Unsere Auftraggeber waren sichtlich erleichtert und begeistert. Warum die große Angst vor diesen Aufnahmen im Drehteam und der Agentur bestand, erfuhr ich erst ein paar Tage später. Ein Mitarbeiter vom Drehteam schickte mir eine Ausgabe der Frankfurter Rundschau. Darin war ein großer Bericht über die Dreharbeiten des Werbespots. Die Schlagzeile war „Liebe statt Hiebe – Joe Bodemann kam und siegte". Weiter war daraus zu entnehmen, dass die Agentur sich vorher bereits mit 3 verschiedenen Löwen und Trainern an diesen Aufnahmen vergeblich versucht hatte und gescheitert war. Bei zwei Löwen war der Gestank der Tiere kaum auszuhalten, man musste lange lüften, um den Geruch aus dem Kellerstudio wieder heraus zu bekommen. Sie hatten alle versucht, ihre Löwen mit Gewalt dazu zu bewegen, die gewünschten Reaktionen zu erzwingen. Der eine Trainer soll besonders hart auf seinen Löwen eingedroschen haben. Die Tiere waren alle unsicher, verängstigt und aggressiv! Ken war weder ängstlich noch aggressiv und er hat auch nicht gestunken, er war wie immer schön gepflegt. Die ganze Mähne hatte ich vor dem Dreh noch einmal so richtig schön durchgekämmt. Er sah einfach super aus!

So geht es mir oft, dass irgendwelche billigen Trainer engagiert werden, die manchmal sogar asoziales Verhalten an den Tag legen.

Solchen Leuten sind dann die armen Tiere bedingungslos ausgeliefert. Die Hauptsache ist es für einige Produzenten, dass der Trainer mit den Tieren nicht viel kostet. Bleibt nur zu hoffen, dass alle Beteiligten daraus gelernt haben.

## *Parfüm für eine Löwennase*

Eine amerikanische Produktionsfirma drehte im Sommer einen Film über eine Zirkusdirektorin, die ihren Zirkus durch einen Orkan verloren hatte. Geblieben waren die Direktorin ein paar Reste des einst neuen Zirkus: 3 Mitarbeiter und ein alter zahmer Löwe. Diesen Löwen spielte Ken. In diesem Film war dieser zahme und gleichwohl schöne, große Löwe die letzte Attraktion um Zuschauer anzuziehen, damit die Frau und die Mitarbeiter überleben konnten.

Wir hatten mit Ken schon einige Szenen in der heruntergekommenen und halb zerrissenen Zirkuswelt gedreht. Dabei habe ich die Zirkusdirektorin gedoubelt. Ken hat seine Aufgaben zur Freude des Regisseurs mit Bravour erfüllt! Wir kamen nun zu einer Szene, in der ich die Zirkusfrau nicht doubeln konnte, weil man die Aufnahmen von vorn direkt mit der Schauspielerin haben wollte.

Der Zirkuslöwe, alias Ken, lag angebunden mit einer ca. 4 Meter langen Kette vor dem Zirkuswagen der Direktorin. Diese sollte sich in der abendlichen Sonne in einen alten Schaukelstuhl vor ihrem Wagen setzen und Ken dabei zärtlich streicheln.

Die Länge der Kette war so bemessen, das ein Anspringen oder sich Nähern der Schauspielerin unmöglich war. Dann geschah das vorerst Unfassbare. Schon beim Auftreten der Schauspielerin in der Szene war Ken völlig unruhig und hörte nur widerwillig auf meine Kommandos. Er sollte doch nur ruhig liegen und sich ganz leicht über den Rücken streicheln lassen. Seine Unruhe wurde immer schlimmer, je näher die Schauspielerin zu ihm kam. Schließlich fing er heftig an zu fauchen. Das hatte er vorher noch nie getan. Wir mussten den Dreh zu meiner Enttäuschung abbrechen. Ich war am Boden zerstört, gleichwohl fing ich an nach den Gründen zu suchen, die dieses aggressive Verhalten bei Ken ausgelöst hatten. Meine große Sorge war auch, dass die Schauspielerin ihre Rolle nicht mehr überzeugend spielen konnte, da man ihr die Unsicherheit bzw. Angst

in den Augen auch ansah. Die Kamera sieht alles, wie wir immer sagen, somit natürlich auch die Angst in den Augen! Nun hatte ich gleich zwei Probleme: die angstvolle Schauspielerin und einen überaus nervösen und leicht aggressiven Löwen. Was war los mit Ken, fragte ich mich. Hatte Ken Schmerzen? Ich erkannte aber keinen einzigen Hinweis dafür. Was hat die Schauspielerin an sich? Ich machte den Test und ließ zwei andere fremde Personen auf Ken zugehen und sozusagen die Rolle durchspielen. Zu unser aller Verwunderung reagierte Ken völlig gelassen, so wie es sein sollte. Dadurch war mir klar, die Ursache musste bei der Schauspielerin liegen. Also ging ich zur Schauspielerin, die völlig fertig auf einem kleinen schmalen Sofa lag. Gleich während der Unterhaltung mit ihr bemerkte ich einen angenehmen Geruch. Meine Frage, ob sie ein Parfüm benutze, wurde von ihr bejaht. Sofort schossen mir die Gedanken durch den Kopf: Ken mag das Parfüm nicht! Dann wurde ich in meinem Verdacht immer sicherer. Diesen Parfümgeruch kannte ich. Es war das gleiche Parfüm, das meine frühere Ex-Tierpflegerin, die Ken nicht leiden konnte, benutzt hatte. Es gab oft Streit mit ihr, weil sie Kens Gehege oftmals nie richtig sauber machte, so wie ich es haben wollte. Es war eine Person, die auch überaus falsch-freundlich und unaufrichtig war. Es war das Parfüm von K.

Mein Plan war nun, die Schauspielerin mit meinem Rasierwasser, welches ich schon viele Jahre benutzte, ordentlich einzuparfümieren und es neu zu versuchen.

Vorher erklärte ich der Schauspielerin die Zusammenhänge und bleute ihr ein, dass Ken ein guter Löwe sei und dass er eine furchtbare Babyzeit durchgemacht hatte. Dabei hoffte ich, auch ihr Mitleid für Ken zu bekommen. Die Rechnung ging auf. Die nette Schauspielerin sammelte sich, fasste Mut und war entschlossen, die Rolle nun mit meinem überaus riechenden Parfüm zu spielen.

So fuhr mich der Produktionsfahrer in eine Parfümerie, die gerade im Begriff war zu schliessen, um das besagte Rasierwasser (wir sagten später Zauberwasser dazu) zu holen.

Mein Plan funktionierte: Die nun einparfümierte, gut duftende Schauspielerin betrat, wie es das Drehbuch vorschrieb, die Szene. Ken lag musterhaft auf seinem Platz – keine Reaktion! So setzte sich die Zirkusdirektorin in ihren alten Schaukelstuhl und streichelte auf

Zeichen vom Regisseur im richtigen Moment zärtlich über die hintere Rückenmähne.

Dann geschah das Unfaßbare; Kenn dreht seinen Kopf langsam und zärtlich zur Schauspielerin und drückte seinen schönen Kopf nach links in die Richtung des zärtlichen Streichelns. Ganz leise erklang das Kommando des Regisseurs „Cut – wundervoll!"

Ich betrat ganz leise und schnell die Szene und nahm Ken in den Arm. Daraufhin setzte ein tobender Applaus ein. Dann umarmte ich die Schauspielerin und gratulierte ihr für die großartige Leistung. Der ganze Drehort roch noch lange Zeit nach meinem Rasierwasser – Ken fand das gut!

*Brüllen oder nicht*

**E**in Kameramann, den ich aus früheren Produktionen kannte, rief mich eines Tages an und fragte mich, ob ich einen Löwen hätte, der ruhig auf einem Punkt sitzen kann und dabei brüllt? Der Versuch, dies mit einem zahmen Zirkuslöwen zu drehen, sei gänzlich gescheitert. Ich erklärte ihm, dass es keinen Löwen gibt, der genau auf einem Punkt sitzen bleibt und dabei auf Kommando brüllt. Von

44

Tierexperten wurde ihm aber gesagt, das diese Aktion funktionieren würde. Der Kameramann ließ sich davon nicht abbringen. Wenn ich keinen Löwen hätte, der das kann, wollte man nach München fahren und dort mit einem Filmtiertrainer und seinem Löwen diese Szene drehen. Da ich von diesem Tiertrainer hörte, dass er schon viele Filme in den Sand gesetzt hatte, weil seine Tiere nicht funktionierten, blieb ich gelassen und wusste, dass der Kameramann bald wieder anrufen wird.

Zwei Wochen später kam prompt der zweite Anruf dieses Kameramannes. Man sei mit dem ganzen Filmteam und dem ganzen aufwendigen Equipment nach München gefahren und der Löwe hat nichts gemacht, er sei nicht einmal sitzen oder liegen geblieben. Der Trainer hatte wieder einmal versprochen und nichts, aber auch gar nichts davon eingehalten.

Das ist und war kein Einzelfall. Oft wird den Leuten vom Film viel versprochen und wenn es dann zum Dreh kommt, machen die Tiere es nicht so, wie ihnen vorher zugesagt wurde. Eins muss erkannt werden: Die Tiere können niemals etwas dafür, der Trainer ist der denkende Mensch und immer Schuld an solchen Fiaskos! Die armen Filmleute haben oft viel Geld verloren und sind danach meistens völlig fertig. Sie tun mir leid. Es ist für mich immer ein schönes Gefühl, wenn ich helfen kann.

Auch dieser Kameramann klang wütend und verzweifelt zugleich. Man brauchte die Szene unbedingt für einen Werbespot, hieß es. Mein Vorschlag, wie ich diese Szene in irgendeinem Studio in Hamburg drehen würde, wollte er der Filmproduktion und dem Regisseur mitteilen und mich dann wieder anrufen. Schon zwei Tage später kam die Zusage und ich fuhr mit Ken nach Hamburg in ein kleines Studio, um diese Szene zu drehen.

In Hamburg wurden Ken und ich schon ungeduldig erwartet. Die Gesichter der Menschen des Filmteams waren verschiedentlich gezeichnet. Bei einigen war Freude über den schönen Löwen zu sehen, sowie Verzweiflung und Niedergeschlagenheit, aber auch Mißtrauen, ob es dieser Löwe nun wirklich schaffen würde. Ken saß, in seinem Raubtiertransportwagen und war schon ganz ungeduldig, als wollte er diese vorwiegend verzweifelten Menschen wieder zum Lachen bringen. Wie immer nahm ich Kenn in den Arm und erklärte ihm, dass er heute ganz genau reagieren müsse und auf mein

Handzeichen sein Maul öffnen muss. Dabei habe ich immer das Gefühl, als würde er mich verstehen. Ich weiß natürlich, dass er nicht jedes Wort versteht, ich weiß nach so vielen Jahren aber auch, dass er meine Gefühlswellen aufnimmt. Somit bringen ich ihn in die jeweils Dreharbeit abhängigen, verschiedensten Aufgaben- stimmungen und auch zu einer tiefen Liebe zu mir!

Nun machte ich Ken an die Leine und wir gingen gemeinsam um das Studio herum, um die kleine Hintertür zu erreichen, weil der Weg kürzer war. Dabei mussten wir durch einen Vorgarten des angrenzenden Nachbarn gehen. Plötzlich überquerte die nachbarliche Hauskatze unseren Weg, ca. 3 Meter voraus. Ich sah diese rotgestromte Katze sofort und Ken auch. Noch etwas perplex gab ich Ken das Kommando, bei mir Fuß zu bleiben. Ken gehorchte sofort und tat so, als wenn es selbstverständlich wäre, dass hier Katzen herumlaufen würden. Es war ein schönes Bild, dieser mächtig, gelassene Löwe und die kleine erschrockene Hauskatze, die dann in den Gartensträuchern verschwand. Nach dieser Begegnung betraten Ken und ich das kleine Studio, um den Werbespot „Brüllender Löwe" zu drehen.

Im Studio war es sehr eng und ich hatte zuvor meine Raubtierschutzgitter vor der Kamera und der Filmcrew aufgebaut. Diese Gitter waren aber nur 1 Meter hoch. Es war keine wirkliche Sicherheit, es war eigentlich ein psychologischer Trick, damit beim Filmteam keinerlei Angstgefühle aufkommen sollten und sich somit alle auf ihre Arbeit voll konzentrieren konnten. Ein Gitter von 1 Meter Höhe ist für einen ausgewachsenen Löwen ja kein Hindernis, nicht wirklich.

Ken setzte ich auf ein flaches Podest von ca. 30 cm Höhe. Die Kameraeinstellung, bzw. das Bild der Großaufnahmen von Kens gesamtem Körper, war sehr eng, wie wir sagen. Alle engen Einstellungen haben den Nachteil, dass der Löwe ganz genau in die von der Kamera gewünschte Position gebracht werden muss. Dann darf sich der Löwe aber auch keinen Zentimeter mehr verändern. Nach zwei Anläufen wusste Ken genau, worauf es ankam. Er reagierte auf meine Zurufe und Handzeichen perfekt.

Kopf drehen nach rechts, Kopf drehen nach links, Blickrichtung einmal nach oben und dann wieder nach unten. Genau im richtigen Moment musste er sein mächtiges Maul aufreißen. Unter diesem

Bewegungsablauf mit dem aufreißenden Maul wurde dann später ein lauter Löwenbrüller, sozusagen vom Band, unterlegt und das sah auch echt aus.

Diese ganze Aktion dauerte nur 1 Stunde, mit einer kleinen Pause dazwischen. Alle Gesichter des Filmteams strahlten! Das waren die Gesichter, die ich sehen wollte. Es war ein Tag, an dem Ken und ich Menschen haben glücklich machen können. Für solche Tage leben und arbeiten wir. Es war wieder mal ein schöner und erfolgreicher Tag mit meinem Freund Ken in Hamburg. Danke Ken!

## *Die Goldene Eins*

Es war in Baden-Baden in der Live-Sendung „Die goldene Eins" mit Max Schautzer, zu der ich mit meinen Tieren eingeladen wurde.

In dieser Sendung bekam ich die „Die goldene Eins" für den besten Filmtiertrainer Deutschlands überreicht. Doch bevor es soweit war, sollten einige meiner Tiere, verbunden mit einem Interview, kleine lustige Einlagen zum Besten geben. Mit dabei waren ein Rhesusaffe „Bimbo", ein Kolkrabe „Cookie", mein Hund „Jerry" aus der Schwarzwaldklinik und, noblesse oblige, mein Löwe „Ken". Ken war die Hauptattraktion dieses Abends. Nachdem all die anderen Tiere zur Freude der Zuschauer in dieser großen Halle alles gemacht hatten, was sie bei den Proben gelernt hatten, kam Kens großer Auftritt.

Kens Aufgabe bestand darin, seitlich aus den Kulissen urplötzlich angelaufen zu kommen, direkt auf mich zu, ich stand am anderen Ende der Halle, und mich mit einem großen Satz anzuspringen. Danach musste ich zu Boden gehen und unter diesem mächtigen Löwen liegen!

Die Gefahr lag darin, dass Ken ca. 40 Meter völlig frei lief und die Halle voller Zuschauer und vielen Fernsehmitarbeitern war. Die Probe einen Tag zuvor beinhaltete, dass ich den Weg, den er laufen sollte, zweimal abging. Öfter durfte das nicht geschehen und eine Probeabsperrung durfte es auch nicht geben. Ken durfte das große Hallenstudio bzw. die große Bühnenfläche nicht ganz genau kennenlernen. Dies war so wichtig, damit sich in Kens Kopf ein sogenannter Lieblingsplatz nicht festsetzten konnte, der möglicherweise außerhalb seiner Laufstrecke entstehen könnte. Hinzu kommt, dass dieses Aktionsgebiet einen gewissen Fremdcharakter für Ken behalten musste, damit seine Bindung zu mir besonders stark blieb. Die Proben verliefen ohne Zwischenfälle. Ich war zufrieden.

Große Live-Sendungen haben immer den Nachteil, dass fast alle Mitarbeiter besonders nervös sind. Die Luft ist geladen, sie steht irgendwie unter einer besonderen Spannung. Die Bewusstseinsverstärkung in mir, dass ich als Trainer meinen Tieren seelischen Halt geben muss, bringen mich in eine gewisse Gelassenheitsphase, auf die wiederum die Tiere mit Ruhe reagieren. Man muss nur darauf achten, dass einen diese Gelassenheitsphase nicht unvorsichtig macht, dass ist besonders bei Raubtieren wichtig.

Bevor die Sendung begann, hielten sich die Stars und Mitwirkenden in der nahegelegenen Kantine auf. Unter anderem waren auch mehrere Wrestler aus den USA und der Superstar Hulk Hogan in der Kantine. Als ich mich vor die Kantinentheke stellte, um mir einen Kaffee zu holen, stand Hulk Hogan neben mir. Er machte einen arroganten Eindruck. In breitbeiniger, fast aufgebäumter Position schenkte er sich zuerst ein. Er beachtete mich überhaupt nicht. Ich stand da wie ein kleines Würstchen, neben diesem muskelbepackten Hünen.

Ich kannte ihn nicht. Ich dachte, er wäre irgend ein Wrestler aus Amerika. Erst meine Mitarbeiter erzählten mir, dass er ein Superstar sei. Ich gebe zu, dass ich nicht der Mensch bin, der immer Up-to-Date ist, was Stars aus Film und Fernsehen betrifft. Meine Welt sind die Tiere und die viele Arbeit lässt es kaum zu, dass ich Fernsehen oder gar Filme sehen kann.

Nachdem die Live-Sendung begonnen hatte, waren viele Mitwirkende vor mir dran. Meine Tiere und ich waren auf Warteposition. Dann war es soweit. Max Schautzer rief meinen Namen auf und ich betrat mit leichtem Herzklopfen die große wunderschöne Bühne. Zuerst führten wir das Interview. Dabei wurden meine Tiere von meinen Mitarbeitern sozusagen zugereicht und sie zeigten, wie vereinbart, ihre Späßchen. Am Ende dieses langen Interviews war es dann soweit, Kens großer Auftritt wurde angekündigt. Viele Mitarbeiter und Mitwirkende dieser Sendung standen hinter den Kulissen um sich dieses Schauspiel anzusehen.

Darunter war auch Hulk Hogan und seine mächtigen Wrestler-Kollegen aus Amerika.

Mein Löwe Ken kam aus der anderen Seite der Kulisse. Als er auf mich zulief, standen auf einer kleinen Bühne, versteckt und für Kamera und Zuschauer nicht sichtbar, zwei Bühnenarbeiter, die dort gar nicht stehen durften. Kens Laufstrecke war direkt vor dieser kleinen Bühne und er könnte die beiden Fernsehmitarbeiter seitlich einsehen. Ich merkte es an Kens Gesicht sofort und in dem Aufzeichnungsvideo kann man es auch ganz deutlich sehen. Als ich sah, dass Ken diese Männer ansah, seine Laufgeschwindigkeit ein ganz kleines bißchen verlangsamte, war ich schon auf einen Sprung nach Vorn zu Ken vorbereitet, um eine mögliche Katastrophe zu verhindern. Doch der Kopf meines Löwen wandte sich wieder zu mir und da wusste ich, dass Ken weiter auf mich zulaufen würde!

Dann lief alles ganz genau nach Plan. Ken sprang mich an und ich ging zu Boden. Der Applaus setzte erst sehr zögernd ein, weil die Zuschauer sich nicht trauten. Sie waren noch geschockt und dachten, mit Applaus den Löwen zu verängstigen. Als sie aber sahen, dass alles nur gespielt war und der Löwe gelassen reagierte, wurde der Applaus immer stärker und anhaltender. Ich setzte Ken in den der Bühne nahe stehenden Transportkäfig hinein. Gleich danach wurde dieser Ansprung den Zuschauern noch einmal in Zeitlupe gezeigt, da sah man erst richtig, welche Wucht und welches Gewicht ich mit meinem Körper abfing und mit welcher Präzision der Sturz durchgeführt wurde.

Als mein Auftritt zu Ende war, verließ ich erleichtert und voller Schwung die Bühne zur Ausgangstür. Dort standen immer noch Hulk Hogan und die ganze Mannschaft der amerikanischen Wrestler, dicht gedrängt. Wohl ein bißchen stolz ging ich auf die Ausgangstür zu. Sofort sprangen die Wrestler und Hulk Hogan regelrecht zur Seite und bildeten eine Gasse um mich durchzulassen. Dabei klopften Sie mir auf die Schulter.

Voller Freude ging ich dann zu Ken, umarmte ihn und bedankte mich auch bei Gott, so einen Superlöwen zu haben!

Am nächsten Morgen bin ich mit Ken auf dem Fernsehgelände ganz abseits noch ein bißchen Spazieren gegangen. Vor unserer langen Rückreise aus Baden-Baden sollte sich mein Superstar noch einmal so richtig auslaufen.

## Der Showstar

Neben meiner Tätigkeit als Filmtiertrainer hatte ich schon viele Jahre immer den Wunsch, eine eigene Show aufzuziehen. Nachdem dann die behördlichen Hindernisse überwunden waren, war es endlich soweit. Mein Konzept konnte nun verwirklicht werden.
Die Shows fanden jedes Jahr, immer von Mai bis Oktober, an den Samstagen, sowie Sonn- u. Feiertagen statt!
Es war nicht nur eine Unterhaltungsshow, sondern auch eine Art Lehrvorführung. Mein Anliegen war es, den Zuschauern zu zeigen, wie man verschiedenste Tiere für Film und Fernsehen trainiert. Vor allem aber zeigte ich, dass man ohne zu strafen, Tiere trainieren sollte. Der Untertitel dieser Shows lautete „Die Kraft der Liebe"!
Meine Tiere zeigten keine Zirkusakte, sondern natürliches Verhalten. Wie man das natürliche Verlangen eines Tieres nutzt, um daraus eine Filmszene herzustellen. Es waren auch lustige Passagen konzipiert.
So zeigte ich, wie ein ausgewachsener Grizzly-Bär einen Menschen jagte und dieser Mensch auf einen Baum flüchtete. Dann brach dieser 2,20 m große Bär den Baum, auf dem der flüchtige Mensch sich befand, einfach kurzer Hand ab. Gleich danach zeigte ich, wie sanft und zärtlich dieser mächtige Bär zu mir war. Ich legte meine Hand in sein Maul! Den meisten Zuschauern wurde auch vermittelt, dass ich so etwas nur tun kann, wenn der Bär tiefes Vertrauen und eine bärenstarke Liebe zu mir hat!
Wichtig war mir auch, darauf hinzuweisen, dass Kinder es z.B. in einem Zoo nie nachmachen dürfen, denn ein Raubtier bleibt immer

ein Raubtier, auch wenn es noch so zahm erscheint. Man muss bestimmte Spielregeln beachten, wenn man mit Raubtieren umgeht. In einem Jahr ließ ich mich in einem Spiel an einen eigens gebauten Materpfahl fesseln und mein frei fliegender Adler befreite mich von den Fesseln, in dem er sie durchbiss.

Bei meinem frei fliegenden Falken war die Botschaft enthalten, dass man alle in Gefangenschaft lebenden Vögel immer wieder frei fliegen lassen sollte. Vor allem meinte ich damit auch die vielen Papageien und Wellensittiche, die in Vogelbauern in der Wohnung gehalten werden. Dieses regelmäßig freie fliegen tut nicht nur der Muskelerhaltung gut, sondern auch der Seele eines Vogels. Besucher, die meine Shows öfters besuchten, sagten nach der Show dann freudestrahlend, sie hätten ihren Wellensittich oder Papagei jetzt auch regelmäßig in der Wohnung frei fliegen lassen. Dadurch wusste ich auch, dass meine Shows einen Sinn machten und hatte somit mein Ziel erreicht.

Wichtig war mir auch, den Zuschauern, insbesondere den Hundebesitzern, mitzuteilen, dass man Hunde und Tiere allgemein in einem Training nicht überstrapazieren darf. Ein Hund, der das „Männchen machen" erlernen soll, bekommt bei zu langem Training furchtbare Rückenschmerzen! Und überhaupt sollte man alles im Spielerischen den Tieren beibringen. Am Ende jeder Show gab ich noch viele Autogramme und unterhielt mich mit Tierbesitzern über noch offene Fragen.

Ich zeigte viele Tiere im Training. Es waren Hunde, Pferde, Greifvögel, Wölfe, verschiedene Bären, Panther, Tiger und vor allem mein Freund Ken!

Obwohl Ken in der Show keine so großen Aktionen zeigte, war er doch gleichwohl der Höhepunkt. Nach der Musik „König der Löwen" kam Ken mit mir an der Leine über den eigens gebauten Berg aus einer großen Nebelwolke auf die Freilichtbühne. Ich erzählte über Ken und über die Kraft der Liebe zwischen diesem stolzen und mächtigen Löwen und mir. Ken war schon so klug, dass er sich bei manchen solchen Auftritten auch frei an meiner Seite meinem Gehtempo anpasste, auf die Zuschauer zuging und sich dann, wenn ich stehen blieb, zuverlässig langsam und stolz hinlegte. Ich konnte mich bei solchen Vorstellungen immer auf ihn verlassen.

Die Auftrittsarten wechselten immer von Jahr zu Jahr, damit die Zuschauer, die regelmäßig meine Shows besuchten, nicht immer das Gleich sahen.

In einem Jahr war es dann auch mal der spektakuläre Angriffssprung. Aus der Bühnenkulisse kam Ken, begleitet von einer spannenden Musik, auf mich zugestürmt und sprang mich an. Durch diesen mächtigen Ansprung ging ich dann zwangsläufig zu Boden und kämpfte dann mit meinem Löwen am Boden weiter, natürlich mit lauten Hilfeschreien. Gleich danach erlöste ich dann die angespannten Zuschauer, indem ich anfing mit dem König der Tiere zu schmusen, begleitet von einer schmusevollen Musik. Der Applaus war gewaltig.

Diese Informationsshows zeigte ich insgesamt 10 Jahre lang. Bei gutem Wetter waren die Shows meistens ausverkauft. Ken war 10 Jahre lang immer der Höhepunkt in diesen Shows. Ich konnte mich immer auf ihn verlassen. Was ich von meinen Geschäftspartnern leider nicht sagen kann! Dadurch kam es auch, dass die Shows nach 10 Jahren eingestellt wurden. Ich mag keine Menschen, die unehrlich sind. Vielleicht ist das auch mit ein Grund, warum ich zu Tieren eine so tiefe Verbindung herstellen kann, ja sogar zu fremden Tieren gelingt mir das sehr gut.

Tiere sind immer ehrlich. Sie zeigen es direkt, z.B. wenn ihnen etwas nicht passt, sie sind nie hinterhältig und handeln immer ihrem Instinkt entsprechend. Wenn man ihre Instinkte richtig kennt, weiß man, wie man mit ihnen richtig umzugehen hat. Die Tiere, die man sich hält, sind immer von uns abhängig und unseren Launen ausgesetzt. Ich selber achte immer darauf, nicht mit ihnen zu arbeiten oder sie zu trainieren, wenn ich einen schlechten Tag habe, also nicht so gut drauf bin. Die Launenhaftigkeit kann bei Tieren psychischen Schaden anrichten. Sie können es nicht verstehen, warum ein

Mensch, den sie so lieben, mal so und mal so ist. Es gibt auch zu viele kleine Tierseelen, die durch machohaftes beherrschen wollen, zerbrochen werden.

All das habe ich immer versucht, den Menschen in meinen Shows zu vermitteln!

## Der coole Löwe

Über meinen Agenten in München, den ich inzwischen hatte, bekam ich einen Auftrag für einen Werbespot in der Schweiz. Dieser Werbespot hatte es in sich, deshalb brauchte ich auch einige Zeit der Überlegung, ob ich diesen Auftrag annehmen kann. Nachdem ich mit Ken immer und immer wieder durch meine große Gartenanlage spazieren ging, entschloss ich mich dann den Auftrag zur Freude meines Agenten anzunehmen.

So fuhren wir per LKW und Tieflader in die Schweiz. An der Grenze bekam ich dann auch gleich die Schweizer Gründlichkeit zu spüren. Wir durften nicht weiterfahren. In Basel wartete bereits die Filmcrew auf unser Eintreffen. Alle erforderlichen amtstierärztlichen Bescheinigungen hatte ich bei mir, doch die reichten den Zollbeamten nicht aus. Mir fehlte noch die schweizerische Einfuhrgenehmigung für Löwen in die Schweiz. Die war jedoch so schnell nicht zu beschaffen. Nach vielen Telefonaten ist es der Filmproduktionsfirma gelungen, durch eine gute Beziehung zu einem Regierungsbeamten, die Einfuhrgenehmigung für meinen Löwen zu bekommen.

Nach einer über 3-stündigen Wartezeit kam dann endlich ein lächelnder Zollbeamter auf mich zu und sagte mir, dass wir weiterfahren könnten.

Die warnenden und ernstgemeinten Hinweise des Beamten, ich dürfe den Löwen in der Schweiz nicht frei laufen lassen, brachten meinen LKW-Fahrer und mich kräftig zum Lachen. Nach der frustrierenden langen Wartezeit tat uns das ganz gut und somit war auch die gute Stimmung wieder hergestellt.

In Basel angekommen, war es der Produktionsfirma auch sichtlich unangenehm, dass diese Pause mit den versäumten Einfuhrpapieren, die sie vor der Einreise bereitstellen müssen, passiert ist. Ich erzählte ihnen dann auch von den warnenden Hinweisen des Zollbeamten, was wiederum alle zum Lachen brachte. Somit war auch im Produktionsbüro wieder eine gute Stimmung.

Eine gute Stimmung ist gerade bei Dreharbeiten für mich und Ken besonders wichtig! Es darf allerdings keine Euphorie aufkommen, das birgt immer die Gefahr in sich, dass etwas schief läuft. Und schieflaufen durfte bei diesem brisanten Dreh absolut nichts.

Der Drehort befand sich am Stadtrand von Basel. Auf einer großen und stark befahrenen Straßenkreuzung stand eine große Werbetafel, ca. 3 x 4 Meter groß. Diese Tafel stand allerdings am Boden. Direkt in diese Großplakat-Tafel musste ein Auto mit hoher Geschwindigkeit hinein rasen. Mein guter Löwe Ken musste ungefähr 6 Meter vor dieser Tafel liegen und durfte nicht aufstehen, egal was geschieht.

Die ganze Straßenkreuzung und alle Nebenstraßen wurden von der Polizei abgesperrt. Die Anwohner wurden per Wurfsendung darüber informiert. Alles war sehr ordentlich vorbereitet und gut organisiert. Sogar Polizisten mit Gewehren standen zur Absicherung bereit. Wieder hatte ich Angst um meinen Ken. Was ist, wenn ein Beamter die Nerven verliert und auf Ken schießt, wenn dieser aufsteht und in eine Richtung läuft oder sogar auf die Beamten zu? Aus dieser Angst heraus habe ich den ganzen 30 Polizisten eindringlich und schön langsam erklärt, dass sie auf keinen Fall schießen dürften, wenn der Löwe aufsteht und in eine andere Straße läuft. Meine Worte ließ ich dann noch vorsorglich von einem Dolmetscher in die Schweizer Sprache übersetzen!

Um die Beamten mit ihren Gewehren auch noch psychologisch zu beeinflussen, holte ich Ken aus dem Wagen und schmuste mit ihm. Dann zog ich eine kleine Show ab, indem ich ihm Kommandos und Handzeichen zum Hinsetzen und zum Hinlegen gab, alles an einer langen Leine. Ken machte alles prompt und die Gesichter der Beamten entspannten sich zu meiner Freude.

Ken musste ein Kommando auf jeden Fall ausführen. Das Kommando hieß „Down“. Dabei streckte ich meine Arme ganz nach oben! Sollte Ken dieses Kommando ignorieren, also aufstehen, so wäre der ganze große und aufwendige Dreh geplatzt.

Der Countdown lief. Jeder war auf seiner Position. Auch ich stand, für die Kamera nicht sichtbar, versteckt in einer Gartenhecke. Für Ken war ich jedoch zu sehen. Meine ganzen Sinne waren auf Ken ausgerichtet, um ihm die erforderliche Gelassenheit und Ruhe zu übersenden. Vor allem aber musste er liegen bleiben, um jeden Preis liegen bleiben.

Ken lag mitten auf der Kreuzung vor der Plakatwand. Von weitem hörte ich schon den Motor des Autos aufheulen, das in die Plakatwand hinein rasen sollte. Das Auto kam über die Kreuzung angerast, Ken lag immer noch. Mit einem Abstand von gut 5 Metern raste der Stuntfahrer an Ken vorbei, mitten in die Plakatwand. Das Durchfahren dieser Plakatwand ergab einen furchtbar lauten Knall, den alle unterschätzt hatten. Ken schaute zu mir, sah meine nach oben ragenden Arme und blieb seelenruhig liegen, solange, bis das Kommando „CUT" des Regisseurs kam.

Ich lief zu Ken und küsste ihn auf die Nase. Dann setzte der große Applaus der Beamten und zahlreichen Zuschauer ein, die aus ihren Fenstern blickend das Schauspiel miterlebt hatten.

Dieser unglaubliche Löwe hatte die ganzen Sympathien aller Menschen bekommen! Ich konnte mich gar nicht mehr beruhigen, vor lauter Freude über so einen wundervollen Löwen. Von der Anspannung geschafft, aber glücklich, fuhren wir wieder über die Grenze nach Deutschland. Diesmal ohne Wartezeit!

## Die Aktuelle Schaubude

Die Mittagspause war gerade beendet und ich wollte mit meinen Wölfen eine Filmszene probieren, da kam eine Anfrage vom NDR-Fernsehen aus Hamburg herein. Darin hieß es, ob ich mir vorstellen könnte, als Gast in der Aktuellen Schaubude mit einem Löwen an der Leine zu sein.

Früher war ich schon einmal mit dem ARD-Fernsehlotterie-Glücksschwein Rudi als Gast in der Aktuellen Schaubude. Dieses Schwein hatte ich eigens für die ARD-Fernsehlotterie trainiert. Rudi war ein sehr schlaues Schwein. Ich brachte ihn in der Sendung an der Leine herein und die anderen Gäste freuten sich über Rudi und streichelten ihn.

Über diese Anfrage des NDR war ich sehr erfreut und dachte dabei gleich an Ken. So schrieb ich dem NDR gleich freudestrahlend zurück und sagte zu. Ken mit mir zusammen an der Leine gibt bestimmt ein schönes Bild, stellte ich mir vor. Bis zur Sendung hatte ich noch 3 Wochen Zeit und konnte Ken dafür in aller Ruhe vorbereiten. Während der letzten drei Wochen Vorbereitungszeit bekam ich plötzlich ein Fax. Darin stand, dass man sich aus Sicherheitsgründen dazu entschlossen hatte, Ken in einem großen Käfig auftreten zu lassen. Darüber war ich natürlich gar nicht erfreut. Ein Löwe in einem Käfig ist ja nichts Besonderes. Ich machte der Redaktion den Vorschlag, Ken mit mir gemeinsam in einem großen fahrbaren Käfig in der Sendung auftreten zu lassen. Also kein Löwe frei an der Leine, wie es einst geplant war. Die Redaktion stimmte letztlich zu.

Was war geschehen? Eine Woche vor diesem zugesagten Fernsehauftritt passierte es, dass ein Dompteur von einem seiner Tiger während einer Fütterungsaktion getötet wurde. Die Schlagzeilen in allen großen Boulevardzeitungen, über diese Tötung des Dompteurs, brachte wohl die Denkweise der Redaktion ins wanken. Auch wusste ich, dass meine zuständigen Ordnungsbehörden mir wieder mal einen Besuch abstatten würden. Das ist immer so, wenn in Deutschland ein Mensch von einem Raubtier getötet wird. So war ich ganz froh, dass der Auftritt mit Ken nicht platzte. Wir hatten einen großen tragbaren Käfig gebaut, der im Baukastensystem auf einem großen Plattenwagen aufmontiert werden konnte. Mit dem Tieflader-LKW fuhren wir dann nach Hamburg zur Live-Sendung der Aktuellen Schaubude.

Die Sendung wurde damals noch vom Studio Hamburg in Hamburg-Jenfeld live übertragen. In Hamburg angekommen tränkte ich Ken erst einmal und bürstete seine kräftige Mähne so richtig durch. Damit sich Ken die Beine nach der rund 3-stündigen Fahrt noch ein bisschen vertreten konnte, holte ich ihn aus dem Raubtierwagen, der auf dem großen LKW stand.

In einer abgezäunten, ruhigen Seitenstraße lief ich mit Ken an der Leine mehrmals rauf und wieder runter. Danach brachte ich Ken wieder zum LKW, um ihn wie immer in seinen Raubtierwagen zu lassen. Beim Reinsprung geschah es dann: Er prallte mit seinem rechten Kniegelenk an die untere Eisenkante der Einstiegstür. Ken lahmte rechts. Nun kann ich den Auftritt wohl vergessen, dachte ich. Mit kaltem Wasser machte ich dann das ganze rechte Bein ordentlich nass. Das gefiel Ken aber überhaupt nicht. Irgendwelche Salben konnte ich auf das Gelenk nicht schmieren. Die Gefahr, dass er die Salben ableckt, war zu groß.

Gerade Katzen reagieren auf die Aufnahme von Salben sehr empfindlich. So blieb mir nur die Therapie mit kaltem Wasser. Es waren noch vier Stunden bis zur Live-Sendung. Diese Verletzung habe ich erst einmal keinem Menschen mitgeteilt, da ich hoffte, dass sich die Lahmheit wieder zurück zieht. Nach gut drei Stunden war die Lahmheit dann auch fast weg, aber eben nur fast. Wenn man genau hinsah erkannte man, dass Ken hinten rechts das Bein kurz nachzog.

Durch die Gitterstäbe streichelte ich Ken, um zu testen, wie er reagiert. Ken drückte seinen großen Kopf schmusend gegen meine streichelnden Hände. Ich redete ruhig auf ihn ein und sagte ihm, dass Zuhause alles wieder gut werden wird. Mit meinem rechten Arm berührte ich dabei sein rechtes Kniegelenk. Ken zeigte mir dabei spontan mit einem leichten Fauchen die Zähne. Sofort zog ich meinen Arm wieder aus dem Käfig.

Was um alles in der Welt sollte ich tun? Die Sendung absagen? Man würde bestimmt glauben, ich hätte Angst bekommen, gemeinsam mit meinem Löwen in einem Käfig zu sitzen. Die Redaktion wäre enttäuscht und viele Zuschauer auch, denn mein Auftritt war ja in der vorherigen Sendung und in den Zeitungen schon angekündigt worden.

Während ich noch überlegte, kam der Aufnahmeleiter schon heran geeilt und forderte mich auf, mit Ken in den fahrbaren Käfig zu gehen. Von dem Tontechniker bekam ich schon ganz aufgeregt ein Funkmikrofon für das Interview an meine Kleidung angesteckt. Wie bei allen Live-Sendungen stand auch hier das ganze Fernsehteam unter einer fühlbaren Spannung, der ich mich diesmal nicht erwehren konnte. Klopfenden Herzens ging ich zu Ken und leinte ihn vorsichtig an, um ihn in den fahrbaren Käfig zu bringen. In dem großen Vorraum der Halle stand der fahrbare Käfig. Ken und ich betraten den fahrbaren Käfig. Instinktiv blieb ich an der linken Seite von Ken, um nicht in die Nähe seines rechten Knies zu kommen. Vier Helfer postierten sich direkt an dem Käfig, um ihn ins große Studio schieben zu können. Kens Augen nahmen den von ihm rechts

stehenden Helfer auf. Die Haut des von meinem sonst so lieben Löwen wurde leicht faltig und ein ganz leises Knurren wurde hörbar. Das kann ja heiter werden, dachte ich und spürte, wie in meinem Körper Hitze aufstieg. Es waren noch genau drei Minuten, bis uns die Helfer ins Studio schieben bzw. fahren sollten. Ich wusste, wie gefährlich eine Raubkatze sein kann, wenn sie irgendwo Schmerzen hat! Es schoß mir durch den Kopf, dass ich die Stimmung unbedingt und schnell verändern musste. So fing ich an, leise zu singen, direkt in Kens Ohr. So zu singen, wie ich es Zuhause schon öfter getan hatte, wenn ich besonders gut drauf war. Ken kannte dieses Singen. Unterbrochen wurde mein Gesang durch die mahnenden Worte des Aufnahmeleiters, ich solle gefälligst ruhig sein, da man mich im Studio nicht hören sollte. Ich ließ mich davon aber nicht abbringen und so sang ich immer weiter. An den Augen meines Löwen sah ich, dass er sich immer mehr entspannte. Dann kam der Moment, wo das Tor zum Studio aufging und wir hinein geschoben wurden. Mein Gesang verstummte sofort und ich streichelte Ken über seine so schön gekämmte Mähne. Ich blieb an der linken Seite von Ken und er legte sich wieder zu Boden. Ich hockte mich daneben und das Interview mit dem Moderator durch die breiten Gitterstäbe begann. Ken war ganz ruhig. Er lag da, wie ein Pascha, zwischendurch zeigte er der Welt, wie sehr er mich liebte. Mitten im Gespräch drückte er schmusend seinen schönen großen Kopf an meine Brust. Es fiel mir etwas schwer, die Frage beeindruckend zu beantworten. Einerseits musste ich auf die Fragen einigermaßen intelligente Antworten geben und andererseits musste ich Kens Reaktionen immer und immer wieder vorausschauend bewerten, um einen Stimmungsumschwung früh genug zu erkennen. Der Stimmungs-wechsel kam bei meinem Starlöwen zum Glück nicht! Es war geschafft. Ken war gut gelaufen und keiner hatte etwas bemerkt. Nur der Aufnahmeleiter war wohl noch ein bißchen sauer, weil ich vielleicht zu laut oder zu schief gesungen hatte. Ken gefiel es jedenfalls. Sein Kniegelenk habe ich dann Zuhause weiter mit kaltem Wasser behandelt und nach zwei Tagen war wieder alles in Ordnung. Die Redaktion der Aktuellen Schaubude bedankte sich und war zufrieden mit unserem Auftritt!

# Wettschulden

Für ungefähr 24 Folgen der Serie „Ein Heim für Tiere" hatte ich viele meiner Tiere trainiert und eingesetzt. Einige Folgen wurden nach meinen Ideengebungen (Exposés) auch verfilmt und in einer Folge spielte ich auch in einer größeren Rolle als Schauspieler mit. Es war eine schöne, aber auch anstrengende Zeit. Manchmal waren sehr schwierige Einsätze mit hohem Leistungsniveau von mir und meinen Tieren gefordert. Das Erfolgsgefühl war nach solchen Einsätzen, je höher die Anforderung war, besonders groß. Dieses Gefühl der Freude übernehmen auch die Tiere!

In den ersten Folgen der Serie kam unter anderem auch mein guter Ken zum Einsatz. Er spielte in dieser Folge einen kranken Zirkuslöwen, der in einem Raubtierzirkuswagen lebte. Ein Wanderzirkus wurde für die Zirkusfilmkulisse eigens angemietet. Nur einen Raubtierwagen hatte dieser Zirkus nicht. Aus früheren Zeiten hatte ich auf meinem Gelände noch einen sechs Meter langen, alten Raubtierwagen stehen, den ich aber noch nie benutzt hatte. So wurde dieser alte Wagen mit ein bisschen Farbe wieder ansehnlich gemacht und für die Filmszenen mit großem Transportaufwand nach Berlin zum Drehort gebracht. Meinen Löwen hatte ich natürlich vorher an diesen Raubtierwagen gewöhnt. Dieser Gewöhnungsprozess dauerte ungefähr eine Woche, dann fühlte sich Ken in diesem Wagen sehr sicher und war ruhig.

Ich fuhr mit Ken in einem anderen Wagen nach Berlin zu den Dreharbeiten. Dort angekommen setzte ich Ken in den großen Raubtierwagen, den er ja schon kannte. Nach einem Tag Eingewöhnung an die neue Umgebung fingen wir an zu drehen. Am frühen Morgen, als ich so angelehnt am Raubtierwagen stand und Ken beobachtete, kam ein großer buntbemalter Clown mit einer riesigen Perücke auf dem Kopf direkt auf mich zu. Mit den Worten: „So, das ist also der arme, kranke Löwe", begrüßte er uns. Ein bisschen verdutzt erwiderte ich, in einem bestimmten Tonfall: „Wieso? Der ist doch gar nicht krank". Sofort darauf korrigierte ich mich: „Ach ja! Und sie spielen den Zirkusclown". Irgendwie dachte ich, Du kennst doch dieses Gesicht. Dann dämmerte es bei mir immer mehr – es war Manfred Krug. Dann begrüßten wir uns herzlich und ich erzählte ihm von Ken und wie ich die Filmszene gestalten wolle. Manfred Krug war von dem schönen Löwen sichtlich begeistert. Dann kam der liebenswerte Schauspieler Siegfried Wischnewski dazu, der den Tierarzt spielte. Ihn kannte ich schon aus zwei vorher gedrehten Folgen. Mit dem Regisseur besprach ich dann die Filmszenen.

Ken musste, wie schon erwähnt, einen im Raubtierwagen lebenden, kranken Löwen spielen. Im ersten Moment hörte sich das leicht an. Aus meiner Erfahrung wusste ich schon, dass alles, was sich leicht anhört, manchmal im Detail ins Gegenteil umschlagen, also mit einem hohen Schwierigkeitsgrad behaftet sein kann.

Die Dramaturgie war so aufgebaut, dass der sonst so lustige Zirkusclown, alias Manfred Krug, nicht mehr lustig spielen konnte, weil der Zirkuslöwe, der eine Attraktion darstellte, krank war. Der Tierarzt aus „Ein Heim für Tiere", Dr. Beyer, alias Siegfried Wischnewski, behandelte diesen Löwen wieder gesund.

Verständlicherweise war Ken von dem ganzen Aufwand, den großen Scheinwerfern, Tonverkabelungen und Kameravorbereitungen um

seinen Raubtierwagen herum, sichtlich nervös. Er lief hin und her in dem sechs Meter langen Wagen. Ich beruhigte ihn immer wieder. Denn wir konnten ja schlecht einen sterbenskranken Löwen im Film zeigen, der sportlich auf und ab läuft. Nachdem der erste Aufbau des Filmteams abgeschlossen war, fing ich an, Ken zu beruhigen und konzentrierte meine Gedanken auf Schlafstimmung mit ruhigen und fast zum einschlafenden Worten. Offenbar kamen meine Worte bei Ken gut an. Er wurde ruhiger und immer ruhiger, und legte sich schließlich hin, seinen Kopf auf die Seite. Das war der Moment, wo wir anfingen, zu drehen. Die Schauspieler kamen am Raubtierwagen ins Bild und spielten ihre Dialoge. Als neben uns, mitten in der Spielszene, ein Bühnenarbeiter über einen Scheinwerferfuß stolperte, schoss Ken, wie von der Tarantel gestochen, hoch. Das genau durfte nicht passieren. Somit mussten wir die ganze Szene noch einmal von vorne drehen, was uns dann auch gelang. Im Film sah man dann einen, auf dem Boden liegenden, halbtoten Löwen, der sich auch dann nicht rührte, als er von dem Tierarzt und dem Clown angesprochen wurde.

In einer weiteren Einstellung wurde die Kamera mit Kameramann in dem langen Raubtierwagen postiert. Ein Schutzgitter oder eine Glasscheibe, die als Schutzwand für den Kameramann hätte dienen sollen, wurde wegen des hohen Aufwands nicht eingebaut. Von der Aufnahmeleiterin hörte ich nur: „Das brauchen wir nicht, wir haben ja schließlich Joe Bodemann engagiert!" Natürlich hätte man ein Schutzgitter eingebaut, wenn ich darauf bestanden hätte. Aber ich wollte den Filmleuten diesen Arbeitsaufwand ersparen. Schließlich habe ich Ken, sagte ich mir scherzhaft. So wurde die Kamera ohne Schutz im Raubtierwagen postiert. Auf der gegenüberliegenden Seite war eine Tür. Durch diese gab dann der Tierarzt dem Löwen eine Spritze, die er natürlich nicht wirklich gab, aber es musste schon echt aussehen. Dabei musste Schauspieler Siegfried Wischnewski meinen Löwen am linken Beinmuskel auch wirklich berühren. Das war der kritische Moment, in dem ein Löwe aufspringen und auch in Panik geraten konnte!

Meine Absicherung bestand darin, dass ich ein dünnes, nicht sichtbares Halsband um Kens Hals, unter der Mähne, anbrachte und mit einer Leine, versteckt unter dem Stroh, gesichert hatte, falls er aufspringen sollte.

Ich stand im Raubtierwagen, für die Kamera nicht sichtbar, an die Wand gepresst, hielt das Sicherungsseil in der Hand und redete ruhig auf Ken ein. Dabei berührte ich immer wieder die Stelle an seinem Hinterbein, die der Tierarzt dann beim Drehen mit der Spritze ebenso berühren würde. Das gesamte Filmteam war ganz leise und es durfte auch kein Mitarbeiter mehr um den Raubtierwagen laufen. Wieder einmal kamen meine beruhigenden Worte bei Ken gut an und er lag regungslos auf der Seite, so wie es sein sollte. Nur seine Schwanzspitze bewegte sich ganz leicht hin und her.

Die Kamera wurde eingeschaltet, ebenso der Ton. Nun musste ich aufhören mit Ken zu sprechen. Meine Gedanken versuchte ich nun in Ken hinein zu produzieren. „Schlafen, Du bist ganz müde. Was auch geschieht, Du willst nur schlafen", so dachte ich permanent!

So, wie es das Drehbuch vorschrieb, öffnete der Clown die Tür zum Raubtierwagen und der Tierarzt lehnte sich durch die Tür und gab Ken die Spritze. Dabei berührte er ihn am linken Hinterbein, so, wie geplant. Ken spielte den schlafenden Löwen weiter. Die Raubtierwagentür wurde wieder vom Clown verschlossen. Der Regisseur schrie leise „Danke". Auf dieses Wort sprang Ken auf. Er kannte diesen Schlussruf schon aus den früheren Dreharbeiten. Ken drückte seinen Kopf an meinen Körper und freute sich. Alle waren erleichtert und glücklich über diese, so schnell gelungene Szene. Wir drehten dann noch ein paar Großaufnahmen von Kens Kopf, Augen und mächtigen Pranken, was dann nur noch Routinearbeit war.

Manfred Krug kam nach den Aufnahmen noch einmal zu mir und freute sich über Ken. Er sagte mir dann noch so nebenbei, dass Hauskatzen fast so wie Löwen reagieren, nur das diese ihre Krallen an den Hinterbeinen nicht ausfahren könnten. Ich erwiderte ihm darauf freundlich, dass dies nicht stimme. Auch Hauskatzen können ihre Krallen an den Vorder- und Hinterbeinen rein und raus bewegen, so wie Löwen auch. Er glaubte mir nicht und daraus entwickelte sich eine Wette. Wenn das mit der Beweglichkeit der Krallen an den Hinterbeinen bei Hauskatzen nicht stimmt, bekäme er von mir 100 Mark. Wenn ich hingegen Recht haben sollte, dann bekäme ich 100 Mark von ihm.

Wie sich dann nach einer Überprüfung herausstellte, hatte ich Recht. Ich sah Manfred Krug danach nicht mehr. Somit schuldet er mir bis heute 100 Mark bzw. 50 Euro, eigentlich plus Zinsen.

## Schöne Aussichten

Im ZDF gab es vor einigen Jahren die Sendung „Das Showfenster"
mit Sabine Sauer. In dieser Sendung wurde viel über Klatsch und
Tratsch, aber auch über Tatsachen der Promies aus Film und
Fernsehen berichtet. In jeder dieser Sendungen fand auch immer ein
Interview mit einem Stargast statt. Da ich in der damaligen Zeit in
Sabine Sauer platonisch verliebt war, sah ich mir einige dieser
Sendungen an und war begeistert. In einem Beitrag wurde auch über
Siegfried und Roy aus Las Vegas berichtet und ich dachte mir so,
wie schön das wäre, wenn Ken und ich einmal als Live-Gäste in
dieser Sendung sein könnten. Es verging einige Zeit und ich verlor
diesen Gedankengang.

Eines Tages dann klingelte das Telefon wieder einmal und ein
Redakteur von der Sendung „Das Showfenster" fragte mich, ob ich
zu Gast bei Sabine Sauer sein möchte und ob ich ein Tier mitbringen
könnte. Ich dachte, ich träume. Ich war so aufgeregt, dass ich das
Telefon vom Tisch riss und die Verbindung weg war. Nun dachte

ich, der Redakteur wird nie wieder anrufen. Das Telefon richtete ich sofort wieder her, es war zum Glück noch funktionsfähig, starrte es wie besessen an und sagte: „Oh, lieber Gott, lass ihn wieder anrufen, oh, lass ihn wieder anrufen!" Dann kam, wie auf Kommando, der Klingelton und am anderen Ende war wieder der Redakteur. Ich entschuldigte mich und erklärte ihm glaubhaft, ein Hund hätte das Telefon heruntergerissen. Ich konnte ihm ja schlecht sagen, dass ich so aufgeregt war.

„Bei Ihnen laufen wohl viele Tiere frei herum?", fragte der Redakteur. Diese Frage bejahte ich natürlich sofort. „Es wäre schön", sagte er „wenn Sie kommen könnten und eines Ihrer Tiere dabei hätten. Vielleicht sogar diesen Hund, der das Telefon heruntergerissen hat", sagte er scherzhaft freundlich. „Den gerade nicht", erwiderte ich. „Meinen Löwen Ken würde ich sehr gern mitbringen". „Einen Löwen?", fragte er stockend. „Ja, einen großen ausgewachsenen Löwen", erwiderte ich bestimmend. „Wir haben nur ein ganz kleines Sendestudio. Ein großer Löwe hätte dort zu wenig Platz. Außerdem, die Sicherheit! Was ist mit der Sicherheit?", fragte er.

Wir sind dann so verblieben, dass er meinen Vorschlag, mit einem Löwen zu kommen, erst in der gesamten Redaktion diskutieren müsse.

Es vergingen mehrere Tage und keine Zusage der Redaktion kam. Ich wollte doch so gern die Moderatorin Sabine Sauer kennenlernen und, ja, ich gebe es zu, wohl auch beeindrucken. Abends, wenn die Ruhe in meinem Alltagsleben einkehrte, plante ich schon die Möglichkeit, wie ich Ken in der Sendung sicher plazieren könnte. Mein Schlaf war unruhig. Doch nichts passierte. Eines Morgens, es muss wohl gegen zehn Uhr gewesen sein, klingelte das Telefon und ein Mann, der für die Sicherheit der Sendung bzw. des Studios zuständig war, rief mich an. Noch aufgeregt und ein bißchen konfus erklärte ich ihm, wie ich meinen Löwen Ken während der Sendung sichern würde. Mein Gefühl sagte mir, dass mich dieser kluge Mann verstanden hatte. Wir verblieben so, dass er mich am nächsten Tag, zur selben Zeit, wieder anrufen würde.

Schon eine halbe Stunde vor zehn setzte ich mich ans Telefon und wartete darauf, dass er meinen Vorschlag annehmen würde, dass ein „Ja" über den Telefonhörer in mein Ohr klingt. Es war fünf nach zehn, als der Anruf kam und mit diesem Anruf kam das, von mir so ersehnte „JA"! Ich war so happy, dass ich gleich zu Ken lief, ihn umarmte und von der Sendung mit Sabine Sauer erzählte und dass er sich bemühen müsse, um mich nicht zu blamieren.

Der Sendetermin rückte immer näher und ich bekam eine heftig schwere Grippe mit hohem Fieber. Mein Traum schien zu platzen. Mit meinem aufgeschwemmten Gesicht konnte ich nicht vor Sabine Sauer treten. Ich war verzweifelt. Alle Pillen und Tabletten, die eine Heilung der Grippe in Aussicht stellten, waren vor mir nicht mehr sicher, ich schluckte alle! Besorgt war ich allerdings ein bißchen, ob meine Reflexe und meine Kraft ausreichen würden, um meinen 250 kg schweren Löwen sicher dirigieren zu können. Fest entschlossen und mit 39 Grad Fieber fuhren wir dann doch zur Sendung.

Als wir angekommen waren, dopte ich mich noch einmal mit Tabletten gegen das Fieber. Später merkte ich, dass Ken auffallend lieb war. Er zog nicht wie sonst an der Leine, sondern legte sich schlagartig hin, wenn ich es verlangte, als würde er merken, dass es mir nicht gut geht. Dann kam die große Begegnung mit Sabine Sauer. Sie war genau so, wie ich sie am Bildschirm empfand. Ganz bescheiden in ihrer Art und hoch sensibel. Ich entschuldigte mich quasi für mein geschwollenes Gesicht und sagte ihr von meiner Grippe und dass wir Abstand halten müssten, damit ich sie nicht noch anstecke.

Mit Ken betrat ich dann das tatsächlich kleine Sendestudio. Ken plazierte ich auf einem erhöhten Podest, direkt hinter Sabine Sauer, die mit mir an einem davor stehenden Tisch saß. Sie bewunderte Ken und seine schöne prächtige Mähne, was mich natürlich sehr stolz machte und ich meine Krankheit fast nicht mehr spürte. Die Sendung begann und mein guter Ken lag hinter uns fast 20 Minuten lang meisterhaft, wie ein Bilderbuchlöwe, als ob er wüsste, worauf es ankam.

Alle waren begeistert, einschließlich Sabine Sauer. Gern hätte ich sie nach der Sendung zum Essen eingeladen, wenn die blöde Grippe doch bloß nicht dagewesen wäre. Das Komische an der ganzen Sache war, dass mein Fieber am nächsten Tag völlig verschwunden war und es mir schlagartig besser ging. Ken hatte sich auffallend rücksichtsvoll verhalten, sowie nie zuvor!

# Die goldene Löwenverleihung mit Folgen

Viele Jahre lang fand in Berlin, in einem großen Theater, die Verleihung des Goldenen Löwen statt. Dort wurden Künstler und Prominente für besondere Leistungen mit einem Goldenen Löwen ausgezeichnet und geehrt. Bei dieser festlichen Verleihung waren natürlich auch jede Menge Journalisten und Fotografen anwesend. Auch im Fernsehen wurde dieses große Ereignis übertragen. Eine Produktionsfirma hatte den Auftrag, diese Verleihung zu organisieren und zu produzieren, übernommen.

Für die Verleihung 1996 hatte man die Idee, einen echten ausgewachsenen Löwen auftreten zu lassen. Mir wurde dieser Auftrag übertragen. Mein Löwe Ken galt als bester und sicherster Löwe der Welt!

Zuerst war in Planung, dass Ken die große Bühne im Theater betritt. Dann kamen aber Sicherheitsbedenken auf. Er sollte doch nicht bei so vielen Prominenten die Bühne betreten. Besser sei es, wenn er direkt vor dem Theater, mit mir vor Gardesoldaten, in schönen mittelalterlichen Kostümen, flaniert und anschließend im Foyer des Theaters in Position gebracht wird, um von einer großen Menge Fotografen fotografiert werden zu können. Zusätzlich sollte ein Tag vor der Verleihung eine Pressekonferenz mit den Moderatoren der Verleihung, Iris Berben und Hans Meiser, und meinem Löwen Ken im Nebengebäude stattfinden.

Vor dieser großen Verleihung bereitete ich Ken Zuhause gut darauf vor. Die Vorbereitungen bestanden darin, dass ich mit Ken viel spazieren gegangen bin. Die erlernten Kommandos wurden immer und immer wieder von Ken abgefordert. Alles lief planmäßig und reibungslos. Nur manchmal fiel mir auf, dass Ken unkonzentriert war. Es gibt immer mal Phasen, in denen man unkonzentriert ist, dachte ich mir.

Der Tag der Verleihung kam immer näher und ich kaufte mir noch schnell meinen ersten Smoking und passende Lackschuhe dazu. Denn schließlich wollte ich mit Ken in den festlichen Rahmen passen.

Das erste Problem zeigte sich bereits bei der Ankunft in Berlin, im Theater des Westens. Man hatte den Löwen und mich engagiert, aber für diesen Löwen, der in einem Raubtierwagen untergebracht war, keinen richtigen Stellplatz eingeplant. Das war auch der Grund, weshalb ich mich mit dem Sicherheitschef des Theaters, der nach meinem Empfinden sichtlich überfordert war, heftigst stritt. Er hatte keinen richtigen Platz für den Raubtierwagen vorgesehen. Die Sicherheits- und Fluchtwege mussten unbedingt frei bleiben, wofür ich auch irgendwie Verständnis hatte. Aber was war mit meiner Sicherheit? Wir mussten unbedingt eine kurze Anlaufstrecke zum Auftrittsort haben.

Nach langem hin und her ergab sich dann doch eine große Nische in der Hofseite des Theatergebäudes, in der der Raubtierwagen mit meinem Löwen abgestellt werden konnte. Störend dabei war nur, dass der Raubtierwagen neben einem großen Kellerschacht stand, aus dem zeitweise Luft gepumpt wurde, was immer wieder, in gewissen Abständen, auch mit Geräuschen verbunden war. Das war nicht so schön, aber Ken war wenigstens nahe seiner Auftrittsorte. Einen anderen Standpunkt gab es leider nicht. Den Sicherheitschef des Theaters noch einmal auf den Stellplatz ansprechen wollte ich nicht. Wenn die Stimmung gereizt ist, ist das auch nicht gut für Ken. Außerdem tat mir der Sicherheitschef auch ein bißchen leid. Er hatte es ja nicht einfach, es bei so einer großen Veranstaltung auf kleinem Raum, allen Recht zu machen. So beließ ich es bei der Abstellfläche mit dem Raubtierwagen, was sich später als verhängnisvoller Fehler herausstellen sollte.

Mit hohen Abstellgittern schirmten wir den Raubtierwagen mit Ken ab, damit niemand an den Löwen heran kommen konnte. Von einem Sicherheitsdienst wurde die kleine Raubtieranlage mit Wagen und Ken nachts zusätzlich bewacht. Am nächsten Morgen, als ich Ken Wasser zu trinken gab, fiel mir auf, dass er zu wenig Wasser aufnahm, obwohl er am Abend noch eine gute Menge Fleisch gefressen hatte. Es kam schon mal vor, dass Ken nicht soviel trank, dafür trank er dann am nächsten Tag wieder mehr. Was mich aber mehr störte war der Blick seiner Augen. Er sah mich manchmal so an, als würde er durch mich hindurch sehen. Die Tiefe des Anschauens fehlte. Da dieses mich ansehen immer nur zeitweise auftrat, führte ich dies auf die neben dem Wagen summende große Klimaanlage zurück, der wir uns aber nicht entziehen konnten. Am Vormittag ging ich dann mit Ken zu dem nahe gelegenen

Pressetermin im Nebengebäude des Theaters. Dort warteten bereits ca. 80 Fotografen. Für Ken eigentlich Routine. Als ich Ken dann auf eine große Plattform von ca. 2 x 2 Meter in Tischhöhe setzte und sich neben seiner Plattform Iris Berben und Hans Meiser dazu stellten, wurde Ken nervös, was aber nur ich bemerkte. Zu dem farbintensiven Glitzerkleid von der lieben Iris Berben fühlte Ken sich hingezogen. Ich musste sehr aufpassen. Ich postierte Ken, wie es mein Auftrag war, vor Iris Berben und Hans Meiser und die Fotografen fotografierten wie wild. Das machte Ken nichts aus. Als dieses Fotogewitter zu Ende war, legte ich mich auch auf die Plattform. Ken kam zu mir, stellte sich über mich und schaute mich wieder so komisch an, mit leeren Augen. Darauf hin habe ich meine Aktion sofort abgebrochen und brachte Ken zurück in den Wagen. Wieder überlegte ich, wie man den Standort des Wagens verändern könnte. Aber es war alles so eng. Der Weg für die Feuerwehr musste unbedingt frei bleiben und so beließ ich es dabei.

Am zweiten Tag kam dann der große Auftritt. Wieder trank Ken zu wenig Wasser und ich nahm mir vor, wenn ich Zuhause bin, die Nieren zu überprüfen. Ich bürstete seine schöne Bauch- und Kopfmähne noch einmal richtig durch, denn bis zum Auftritt waren es nur noch zwei Stunden. Nun war es an der Zeit, dass auch ich mich feinmachen musste. So fuhr ich zu meinem nahe gelegenen Hotel und zog meinen Smoking und meine Lackschuhe an. Auf dem Rückweg zum Theater überkam mich ein eigenartiges Gefühl, als ob was passieren könnte. Kens Blicke gingen mir wieder durch den Kopf. Kurzer Hand entschloss ich mich noch einmal ins Hotel zurück zu fahren und meine glänzenden Lackschuhe gegen meine alten Turnschuhe auszutauschen. In diesen Turnschuhen habe ich mehr halt und falls irgend eine Störung auftreten sollte, kann ich schneller reagieren, so dachte ich.

Bei Ken im Smoking und den alten Turnschuhen an den Füßen angekommen, ging es dann auch gleich los. Mein sonst so gelassener Löwe schien mir ein bisschen nervös zu sein. Das verdrängte ich aber und schob es wieder auf die laufende Klimaanlage. Beim Losgehen vom Wagen zum Theater legte sich Kens Nervosität schon wieder. Dennoch sagte mir mein Instinkt, dass ich mich heute nicht unter Kens Bauch legen sollte. Alles lief sonst wie geplant. Die Kameras wurden eingeschaltet. Ken und ich betraten den Gehweg vor dem Theater und gingen an den Gardesoldaten, in den schönen und farbenprächtigen Kostümen, dicht vorbei, so wie es der Auftrag vorsah. Wir betraten das Foyer des Theaters, ließen uns ausgiebig fotografieren und gingen an den Soldaten vorbei, den Weg wieder zurück. Der Auftrag war somit perfekt erfüllt. Dann merkte ich, wie Ken anfing mir in die Seite zu stupsen. Dabei zog ich ihn schon zur Hauswand hin, weg von den Zuschauern, die den Weg säumten. Da folgte der Biss in meinen linken Unterschenkel. Alles Schreien half nichts, Ken ließ mein Bein nicht mehr los. Ich ging zu Boden. Da war er wieder, dieser leere Blick, als würde er mich gar nicht wahrnehmen. Mein erster Gedanke war, festhalten, die Leine unbedingt festhalten, damit er nicht zu den Zuschauern konnte. Ein Stoß Reizgas von mir und meinen beiden Assistenten, sowie ein Schlag auf die Nase brachten Ken glücklicherweise dazu, mein Bein wieder loszulassen, in dem er sich kurz verbissen hatte. Ich stand sofort auf, weil mir klar war, dass ich nicht am Boden liegen bleiben durfte. Die Gefahr einer zweiten Angriffsphase wäre sonst unausweichlich gewesen. Ich drückte Ken zum Tor des Theaterhofes, somit waren wir erst einmal von den Zuschauern weg. Dann brachte ich, noch schwer am Bein verletzt, meinen völlig verstörten Löwen in seinen Wagen, machte alle Türen richtig zu und überprüfte noch einmal alle Verschlüsse am Raubtierwagen. Es klingt vielleicht blöd, aber mein Ken tat mir so leid. Er war so verunsichert. Ich streichelte noch einmal seine weiche Mähne und er drückte seinen Kopf schmusig an meine Hand. In diesem Moment wusste ich, dass er es gar nicht gewollt hatte und das trieb mir meine Tränen in die Augen. Die Schmerzen in meinem Bein machten sich wieder bemerkbar und ich sagte zu Ken: „Wir sehen uns bald wieder. Alles wird gut. Ich werde Dich auf keinen Fall töten lassen!" Dabei weinte ich wie ein kleines Kind. Dann ging ich zum Krankenwagen, der blitzschnell da war und man fuhr mich mit Blaulicht ins Krankenhaus. Dort wurde ich dann notfallmäßig versorgt. Am nächsten Tag sollte ich in Barcelona sein. Mein Flug wurde anstandslos von der Lufthansa storniert und ich bekam mein Geld zurück.

Die Presse überschlug sich, verfolgte den Krankenwagen und wollte zu mir. Viele Reporter waren im Eingangsbereich des Krankenhauses versammelt. Zum Glück wurde ich so gut abgeschirmt, dass mich niemand erreichen konnte. Die Fernsehsender brachten laufend Beiträge. Ein TV-Sender in New York wollte mich in einer Talkshow haben. Die Zeitungen in fast allen Ländern der Welt waren voll von diesem Unfall. Es war die reinste Hysterie!

Als ich so im Krankenbett lag, versuchte ich immer wieder Erklärungen zu finden, warum Ken mich angegriffen hatte. Geruchsirritationen, Überforderung, Nierenschwäche, all solche Dinge beschäftigten meine Gedanken unentwegt und ich versuchte mich in Kens Lage zu versetzen. Viele sogenannte Raubtierexperten wurden befragt. Sie gaben so viel Unsinn von sich. Sogar Zooleute wurden befragt, die zwar Raubtiere pflegen, aber sie dennoch nur aus der Entfernung kennen. Keiner von ihnen hatte bei den Erklärungsversuchen recht. Von diesen vielen Berichten und Zeitungsartikeln erfuhr ich im Krankenhaus liegend nichts. Man schirmte mich in alle Richtungen gut ab. Erst später, nach der Krankenhausentlassung, erfuhr ich von diesem Medienrummel. Immer wieder versuchte ich, einsam in meinem Bett liegend, mich in Kens Lage zu versetzen. Es war von seiner Seite aus kein sozusagen geplanter und böswilliger Angriff. Dann hätte er versucht mich in meinem Oberkörperteil, dem Kopf- oder Kehlbereich anzugreifen. Dann wäre die Aggression auch von seiner Seite aus mit einer viel härteren Intensität geführt worden. Reizgas und ein Schlag auf die Nase hätten ihn davon dann auch nicht abbringen können. Diese Art der Aggression hatte Ken nie in sich, sonst hätten wir nie so große Erfolge bei den schwierigsten Dreharbeiten gehabt. Nein, Kens Tendenz kurz vor dem Zubiss war es gewesen, mich anzustupsen und nach unten zu beißen. Leider habe ich auch keine kurze Peitsche oder einen Stock bei mir gehabt, weil ich noch nie bei Ken diese Gegenstände gebraucht hatte und zum Smoking passte so etwas sowieso nicht. Heute weiß ich, hätte ich einen Stock gehabt, hätte

Ken auf diesen Stock gebissen. Schmerzen abbeissen, so nenne ich das. Zu diesem Unfall wäre es dann erst gar nicht gekommen und mehr war dieser kräftige Biss auch nicht, als ein Schmerz abbeißen. Nur wo saßen die Schmerzen bei Ken, fragte ich mich immer noch. Ich versuchte mich in Ken hinein zu fühlen. Da war es. Die Tendenz nach unten zu beißen, es musste der Kopf sein und im Kopf waren die Zähne. Zahnschmerzen, es waren Zahnschmerzen, dachte ich ganz aufgeregt. Deswegen trank er das kalte Wasser auch nicht richtig und deswegen waren seine Augen zeitweise so leer und er war deswegen zeitweise auch so nervös. Ich weiß, dass ich mit Tieren sprechen kann, non-verbal. Bei Ken hatte ich versagt. Ich habe seiner Sprache nicht richtig zugehört. War es der Streit mit dem Sicherheitschef wegen des Abstellplatzes? War es der Auftrag am nächsten Tag in Barcelona? Ich hatte die leichten Auffälligkeiten meines Löwen der laufenden Klimaanlage neben seinem Raubtierwagen zugeschrieben. Seine Ruf nach Hilfe hatte ich nicht verstanden und ich war wütend über mich selbst. Armer Ken, dachte ich. Nach dieser Eingebung der Erkenntnisse war ich mir absolut sicher, dass es die Zähne sein mussten. Sofort rief ich in meinem

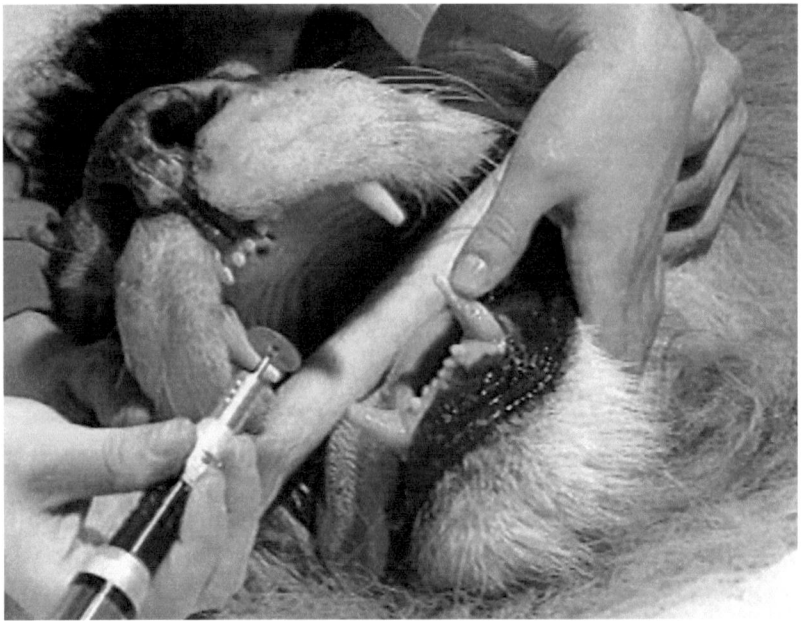

Büro an. Sie sollten mit dem Tierarzt eine große Zahnuntersuchung mit Kieferröntgen und eine eventuelle Zahn-Operation vorbereiten. Mein Entschluss war richtig. Ken hatte erhebliche Zahnfleischverwucherungen, sowie Zahnfleischentzündungen und mehrere Zahnwurzeln waren entzündet. In insgesamt vier Operationen, mit Zwischenabständen, haben wir bei Ken Zahnsanierungen durchführen müssen. Ich hatte zwar immer auf die Zähne meines Löwen geachtet, aber von Außen war nie etwas zu sehen. Die Zahnfleischverwucherungen lagen im hinteren Maulbereich, an den Backenzähnen, und wurden daher von mir auch nicht erkannt. Zahnwurzelentzündungen kann man von Außen sowieso nicht erkennen. Dieses wird nur bei guten und genauen Röntgenaufnahmen erkennbar. Wer weiß, wie viele Tiere auf unserer Welt auch noch Zahnwurzelentzündungen haben. Bei diesen Wurzelentzündungen fressen die Tiere harte Nahrung dennoch weiter, ja sie beißen besonders gern auf harte Gegenstände, wie Holz oder Knochen, weil dadurch eine Schmerzerleichterung eintritt, also das Schmerzabbeißen.

So gab ich später eine Pressemitteilung heraus, dass die Ursache für Kens Angriff, auf mein Bein, Zahnschmerzen waren. Getrieben von der Hoffnung, dass ich damit auch anderen Tieren helfen könnte. Was ist mit den vielen Tieren in den Zoos? Man bemerkt es nur bei Tieren, mit denen man eng, ja, hautnah zusammenlebt! Was ist mit den vielen Hunden, die plötzlich beißen oder anhaltend bellen, Zähne knirschen oder mit dem Gebiss klappern. Auch Hauskatzen, die viel miauen oder Besitzer angreifen, haben, wie ich inzwischen aus meiner Tätigkeit als Tierheilpraktiker weiß, oftmals Zahnwurzelvereiterungen oder Entzündungen, die man nur durch röntgen erkennen kann.

Als ich nach gut vier Wochen aus dem Krankenhaus in Berlin entlassen wurde, humpelte ich gleich nach meiner Ankunft Zuhause zu Ken. Da stand er nun in seinem Gehege, dieser prachtvolle Löwe, den ich nach sogenannten Expertenmeinungen einschläfern sollte. Was wissen die schon wirklich über wahre Liebe zwischen einem Menschen und einem Tier, sagte ich mir. Langsam humpelte ich auf Ken zu. Er schaute mich kurz an, drehte sich dann einfach weg und zeigte mir sein Hinterteil. Ich kannte das schon. Er begrüßte mich immer so, wenn ich längere Zeit weg gewesen bin. Aber diesmal schien er mir ein bisschen bedrückt zu sein. Ich streckte meinen rechten Arm durch das Gitter und streichelte ganz langsam sein mir zugewandtes Hinterteil. Jederzeit war ich darauf gefasst, meinen Arm zurückziehen zu müssen. Es dauerte wohl drei Minuten, dann drehte Ken sich zu mir um und drückte seinen schönen großen Kopf an das Gitter, damit ich ihn kraulen konnte, was ich spontan tat und er fing an zu mauzen. Dann streckte ich beide Hände durch die Gitter und kraulte ihn ausgiebig und die Tränen liefen mir durchs Gesicht.

Eine Woche später, nachdem mein Humpeln nachgelassen hatte, gab es die volle Zusammenkunft in dem großen Freigehege, wie in alten Zeiten.

Angst habe ich vor Ken nie gehabt. Natürlich war ich sehr vorsichtig, um seine Reaktionen sehr frühzeitig erkennen zu können. Auch war ich nun sehr viel konzentrierter beim Umgang mit ihm, damit ich nie wieder seine Sprache überhören würde!

Viele weitere, spannende Filmaufträge warteten auf uns. Es war mir nun auch nach dem Zwischenfall absolut klar: Ken ist der Superlöwe. Ich habe Kens Kopf fotografiert und mir diesen Kopf auf meinen linken Oberarm in Farbe tätowieren lassen, obgleich ich kein Tätoo-Fan bin. Ich hatte aber das Gefühl, dass unsere Liebe durch diesen Unfall noch stärker wurde, stärker als je zuvor. Und das sollte ich auch bei unserem weiteren Zusammenleben noch merken, wie sich zeigen wird!

Kens Zähne wurden dank meiner Eingebung und dank eines guten Tierarztes völlig in Ordnung gebracht. Mein Bein heilte auch gut, allerdings hatte ich noch gute sechs Monate damit zu tun.

## Die Lüge

**D**ie Mitteilung, dass der Angriffsgrund meines Löwen Zahnschmerzen gewesen sind, ließ wohl nach und nach die Filmproduzenten wieder Mut fassen, mit Löwen oder anderen Raubtieren zu drehen. Allerdings war der erste Dreh mit Ken nach dem Unfall etwas anders. Ein paar Monate später bekam ich eine Anfrage auf meinen Schreibtisch, in der ein Löwe für einen Werbespot am Bodensee gebraucht wurde. In dem darauf folgenden Telefonat fragte mich der Regisseur, ob es der Löwe sei, der mich seinerzeit angegriffen hatte. Ich log und verneinte das. Dafür hätte ich noch andere Löwen. Irgendwie war ich besessen, es der Welt und mir zu beweisen, dass Ken nach wie vor der Superstar unter den Löwen war. Seine Ära durfte mit diesem Unfall nicht zu Ende sein. Außerdem wollte ich es all den Kritikern zeigen, dass es sich lohnt, um ein Tier zu kämpfen und es nicht aufzugeben, nur weil die sogenannten Experten und notorischen Besserwisser es gesagt hatten. Ich war mir so sicher, dass auf Ken immer noch Verlass war!
Die Produktionsfirma und der Regisseur waren überzeugt, die Dreharbeiten am Bodensee konnten beginnen. So fuhren wir an

einem schönen warmen Sommertag zum Drehort am Bodensee. Bevor wir anfingen zu drehen, bekam mein Löwe erst einmal einen Tag Ausruhzeit von der Reise.

Ich musste verdammt aufpassen, das nicht der Name Ken über meine Lippen kam. Ich sagte den Leuten: „Der Löwe heißt Pango!" So fuhren wir am nächsten Morgen, vom Hotel aus, mit meinem Löwen Pango, alias Ken, zum Drehort. Es war eine schöne, mit weißen und gelben Blumen durchzogene, Wiese. Das Kamerateam hatte schon alles aufgebaut und die zwei Schauspieler waren für den Dreh schon geschminkt. Alles war sehr gut organisiert und vorbereitet. Nur Pango, bzw. Ken, musste noch schön gebürstet werden. Die Schauspieler hatten großen Respekt vor dem Löwen, ja sogar ein bisschen Angst, was für die Dreharbeiten nicht so gut war. Der Regisseur sah mich immer ein bisschen komisch an. Ich bemerkte es aus dem Augenwinkel. Dann sagte er plötzlich: „Dieser Löwe sieht ja fast so aus wie der, der Sie gebissen hat. Ich kenne diesen Löwen aus der Züricher Zeitung. Dort war er groß abgebildet!" Das Herz blieb mir fast stehen und ich versuchte mich sofort weiter zu bewegen, damit er meinen leicht rot anlaufenden Kopf nicht sehen konnte. Ich hatte mich auch gleich wieder gefangen und antwortete ihm, dass die Löwenmännchen sowieso fast alle gleich aussehen würden, was in Wahrheit natürlich nicht stimmt. Damit gab sich dieser aufgeweckte und misstrauische Regisseur erst einmal zufrieden.

Wir fingen an zu drehen. Das Szenenbild sah so aus: Ein Mann hatte mit seiner Frau eine große Decke ausgebreitet und sie machten Picknick in einer schönen großen Blumenwiese. Ungefähr 20 Meter hinter ihnen sollte eine Herde Kühe herumlaufen und zuschauen oder grasen. Der Löwe sollte dann mitten im Gespräch der beiden Schauspieler ins Bild kommen und sich auf die große Picknickdecke dazu legen.

Ken, bzw. Pango, machte das sehr gut. Dadurch kam, dem sonst eher ernst aussehenden, Regisseur ab und zu ein Lächeln über die Lippen. Die Probleme gab es nur in den Gesichtern und Augen der Schauspieler. Es war die blanke Angst zu sehen und die Kühe im Hintergrund liefen immer wieder dahin, wo die Kamera sie nicht sehen konnte. Somit hatten wir zwei ernsthafte Probleme.

Ich schlug vor, erst einmal Mittagspause zu machen. In dieser Zeit spielte ich mit Ken. Der Name wäre mir dabei fast, vor den Augen der Schauspieler, heraus gerutscht. Ich legte mich mit Ken/Pango ins Gras, schmuste mit ihm, ließ ihn aufstehen, rief ihn wieder zu mir, ließ ihn sich hinlegen und das fast unbemerkt immer näher an die noch essenden Schauspieler heran. So ganz allmählich entspannten sich die Augen der Schauspieler. Immer wieder sagte ich, dass das ein Superlöwe sei und ich auch eine hohe Filmerfahrung hätte. So hatten sich die Beiden an den schmusenden Löwen gewöhnt und dieses Problem war beseitigt. Das Problem der weglaufenden Kühe war aber immer noch da. Wissend, dass Kühe neugierig sind, ging ich mit Ken zu den Kühen hin, die erst einmal auseinander liefen. Dann legte ich meinen Freund Löwe hin und nun kamen die Kühe, den Hals vorstreckend, immer näher an den Löwen heran. Das funktionierte aber nur, wenn er liegen blieb. Sobald er aufsprang, preschten die Kühe wieder auseinander. Die Tests gelangen und ich nahm Ken gleich wieder von den Kühen weg, damit ein Gewöhnungseffekt vermieden wurde.

Nun mussten wir möglichst schnell drehen, denn die Lichtverhältnisse drohten umzuschlagen. Die Mittagspause war somit zu Ende. Wir verlegten die große Picknickdecke weiter nach hinten, noch näher an die weidenden Kühe heran. Die Schauspieler waren entspannt und nahmen ihre Position auf der Decke ein. Ich versteckte mich, für die Kamera nicht sichtbar, hinter einem Busch mit Ken/Pango und zeigte den Kühen den stehenden Löwen. Planmäßig auf das Stichwort bzw. das Handzeichen des Regisseurs ging Ken von mir, mit einem dünnen Stahlseil nicht sichtbar gesichert, auf die Schauspieler zu, legte sich auf Kommando genau auf die Außenkante der Picknickdecke. Als Ken lag, kamen die Kühe aus dem Hintergrund immer näher auf den Löwen zu und blieben dann in einem gebührenden Abstand stehen. Die Schauspieler spielten ihre Rollen entspannt weiter. Ken/Pango interessierte sich für die Kühe überhaupt nicht. Von Zuhause kannte er schon Pferde, Kühe, Schafe und Dammhirsche. Bei mir hatte ich ihn seinerzeit schon trainiert.

Alle sich am Drehort befindenden Leute waren sichtlich zufrieden. Der Regisseur war auf jeden Fall glücklich, erlebt zu haben, wie

Ken/Pango Menschen durch seine große verläßliche Leistung zufrieden und glücklich machen konnte.

Der Moment der Wahrheit ließ nun nicht länger auf sich warten. Der Regisseur kam zu mir, nachdem ich meinen Löwen wieder in den Wagen gesetzt hatte und sagte: „Herr Bodemann, danke für die große Leistung. Aber dieser Löwe ist nicht Pango, er heißt Ken! Hand aufs Herz!" Da ich Menschen, die lügen, nicht mag, wollte ich nicht noch einmal lügen und sagte: „Ja, das ist Ken. Der, der mich ins Bein gebissen hat!" Darauf sagte der Regisseur: „Ich wusste es" und er umarmte mich plötzlich.

Nun fiel mir ein Stein vom Herzen. Ich war erleichtert, dass die Wahrheit heraus war. Nun konnte ich Ken wieder mit seinem richtigen Namen ansprechen. Glücklich fuhren wir nach Hause!

## Die Henkels und Ken

**D**ie Firma Henkel in Düsseldorf wurde 100 Jahre alt. Zu der großen Hundertjahrfeier sollte ein großer Firmenfilm über Konrad Henkel, der ein großer Löwenfan war, gedreht werden. Dieser Film sollte dann bei dieser großen Feier der gesamten deutschen Bundesprominenz, die vertreten war, gezeigt werden.

Ich bekam den Auftrag, für diesen Film meinen Löwen Ken einzusetzen. Er sollte in diesem Film eine wichtige Rolle spielen. Gedreht wurde in Düsseldorf, im Hauptsitz der Firma Henkel, in den Büroräumen, großen Fluren und auf dem Firmengelände. Die Dramaturgie dieses Filmes bestand darin, dass Herr Henkel Senior seinem Löwen das ganze Firmenimperium zeigen sollte. Zwischendurch wurden immer wieder Filmausschnitte der Entstehung der Firma und anderes gesetzt.

Ken musste hautnah mit Herrn Henkel Senior zusammen spielen. Wir wussten alle noch nicht, wie Ken Herrn Henkel annehmen würde. Der Dreh wäre geplatzt, wenn mein Löwe Konrad Henkel nicht hätte leiden können. Oder wenn Konrad Henkel Angst vor dem Löwen gehabt hätte.

Es war an einem Dienstagmorgen, als Konrad Henkel den Drehort betrat. Auffallend war, dass er jedem die Hand gab und begrüßte, egal welchen Posten er bekleidete, von der Klofrau bis zum Produktionschef. Anschließend zeigte ich Konrad Henkel meinen Löwen Ken, den er nur von Bildern her kannte. Herr Henkel war begeistert und bei Ken fühlte ich eine aufmerksame und ruhige Gelassenheit. Ich fühlte, dass Ken ihn mochte. Ich war begeistert über diese schöne erste Begegnung dieser Beiden. Auch die Begegnung mit Frau Henkel war höchst erfreulich, denn auch sie fand Ken wunderschön. Ken strahlte bei ihr so eine Ruhe aus, als würde er sich wie Zuhause fühlen. Auch ich war von den Henkels begeistert. Mit diesem schönen Gefühl im Bauch begannen wir mit Ken zu drehen.

Meine Fast-Euphorie wurde gleich gebremst, als ich den ersten Drehort sah. Es war Konrad Henkels großes Büro in voller Ausstattung, mit wertvollen Teppichen und überwertvollen Polstergarnituren. Alle Möbelstücke hatten handgeschnitzte Löwenköpfe aus wertvollem Holz. Die Gefahr, dass Raubkatzen in Teppiche, Brücken und Polstermöbel blitzschnell reinbeißen und sie dann zerbeißen, ist riesengroß. Diese Gefahr erhöht sich, wenn Gegenstände besonders wertvoll sind. Keiner weiß genau, warum das so ist. Ken musste an den wertvollen Schreibtisch von Herrn Henkel gehen und sich an einer genau vorgegebenen Stelle gelassen hinlegen. Einerseits musste ich aufpassen, dass Konrad Henkel nichts passiert und andererseits, dass sich Ken nicht in ein Polstermöbelstück oder einen Teppich verliebt und reinbeißt. Ich war schweißgebadet. Ken tat genau das, was er tun sollte und noch mehr. Er spielte einen total gelassenen Löwen, als ob er schon Jahre lang bei den Henkels leben und durch die Büroräume schreiten würde. Alle waren begeistert!

Weitere schöne Einstellungen haben wir danach noch mit Ken und Konrad Henkel gedreht. Eine schwierige und nicht ungefährliche Einstellung kam dann zuletzt: Im Film zeigte Konrad Henkel seinem Löwen noch die großen Bilder seiner Ahnengalerie. Auf einem großen und breiten Flur waren die Bilder angebracht. Dabei musste Ken direkt neben Konrad Henkel an seiner Seite locker und lässig gehen, so wie ein großer Hund eben neben seinem Herrchen bei Fuß geht und sich hinsetzt, wenn Herrchen vor einem großen Bild stehen bleibt. Nur Ken war eben ein mächtiger Löwe und kein Hund. Wir haben erst lange überlegt, ob wir die Passage doubeln sollten. Aber Herr Henkel wollte es gern selber machen und ich wollte es auch!

Was für ein Bild, dachte ich, der liebenswerte Konrad Henkel und mein Löwe Ken schreiten gemeinsam diesen wunderschönen großen Flur herunter. Die Leute würden Konrad Henkel noch mehr bewundern.

Natürlich musste ich die Sicherheit dieses Mannes gewährleisten. Wie schnell kann ein Löwe herumbeißen und dann setzen blitzschnell die Reflexe des Weiterbeißens ein!

Ich bat um eine kurze Pause und ging mit Ken in ein abseits gelegenes Flurstück. Dabei versuchte ich Kens Stimmung und Gefühle aufzunehmen. Ich streichelte ihn dabei immer wieder. Seine Augen und sein Gesichtsausdruck sagten mir, dass wir dieses mit ungefährlichen Einstellungen drehen konnten!

Das Filmteam und Konrad Henkel freuten sich über meinen Entschluss, mit dem Hinweis, dass wir den Dreh sofort abbrechen, wenn ich das Gefühl bekomme, dass es zu gefährlich für Herrn Henkel werden könnte! So legte ich Ken ein dünnes Halsband, versteckt unter der Mähne, an und verband dieses mit einer dünnen Stahlleine, die zum Boden hin gehalten wurde.

Alle waren startklar. Kamera, Ton und natürlich Konrad Henkel und Ken. Es ging los. Den Flur hinunter. Ken, hautnah neben Konrad

Henkel. Ich lief parallel neben Kens Seite, aber für die Kamera bzw. den Zuschauer nicht sichtbar. Die Stahlleine von Ken hatte ich in den Händen, am Boden gleitend. Meine Sinne liefen auf 1000 %, damit

ich früh genug erkennen konnte, was mein Löwe denkt und um ihn von einem eventuellen Zubiss an Konrad Henkel wegzureißen. Hinzu kam, dass ich Ken ruhige Gedanken übermitteln musste, damit diese Gelassenheit bei Konrad Henkel an der Seite bleibt.
Ken ging wie ein Pascha, setzt sich dann vor ein bestimmtes, großes Bild und betrachtete mit Konrad Henkel zusammen dieses schöne Gemälde. Alles ging gut. Fast euphorische Freude setzte ein, als die Filmklappe fiel und alles gut war. Für Ken gab es von den Henkels eine große Extraportion teures Fleisch zur Belohnung!
Wir fuhren mit einem sehr guten Gefühl wieder nach Hause und ich war glücklich solche besonders wundervollen Menschen wie die Henkels kennengelernt und erlebt zu haben! Der Kontakt zu Frau und Herrn Henkel riss nach den Dreharbeiten auch nicht ab. Später habe ich noch einen Hund, den sich Henkels angeschafft hatten, ausgebildet und einen weiteren Hund behandelt.
Der fertige Firmenfilm mit Konrad Henkel und Ken wurde auf der großen Feier „100 Jahre Henkel" den rund 2000 geladenen

Promigästen aus Wirtschaft, Kunst und Politik gezeigt. Die Begeisterung war riesig.

## Ken, der Therapeut

Eines Tages bekam ich aus der Schweiz einen Brief, mit dem sich ein junger Mann als Dompteur-Praktikant bewerben wollte. Es war für mich ungewöhnlich, solche Bewerbungen zu bekommen. Die meisten Bewerbungen lehnte ich aus den verschiedensten Gründen immer ab! Doch dieses Bewerbungsschreiben hatte so viel Begeisterungsatmosphäre in sich, dass ich mich auf ein erstes Kennenlern-Gespräch einließ. So reiste dieser junge Mann namens Marcel, 20 Jahre alt, aus Zürich an, um mit mir das erste Vorstellungsgespräch zu führen.

Der erste Eindruck, den ich hatte, war recht gut. Ein adrett gekleideter junger Mann, der in seiner Art etwas zurückhaltend, aber überaus höflich war und gute Manieren zeigte. Beeindruckend für mich war sein großes Wissen über Raubkatzen, besonders über Löwen. Er hatte gerade das Abitur bestanden.

Seine Augen leuchteten immer wieder, wenn wir das Thema Löwen anschnitten. Dieses ganze Wissen hatte er allerdings aus Büchern.

Seine Begeisterungsfähigkeit für Löwen war es wohl auch, die mich dazu neigen ließ, mich mit dem Gedanken einer Einstellung anzufreunden. Wir sind dann so auseinandergegangen, dass ich mir drei Tage Bedenkzeit einräumte. Der junge Mann Marcel fuhr somit zurück nach Hause in die Schweiz.

Zwei Tage später bekam ich unverhofft einen Anruf von Marcels Vater. Der Vater erklärte mir, dass Marcel nach seinem Abitur nicht studieren wollte, zum Leitwesen seiner Eltern. Er war geradezu besessen, Dompteur werden zu wollen. Alle Versuche, ihn davon abzubringen, seien gescheitert. Bevor Marcel aber in eine Art Depressionsphase verfällt, wollten ihn seine Eltern bei seinem Traum, Dompteur zu werden, nun doch unterstützen. Die Hauptsache sei, dass sein Sohn glücklich wird. Hinzu kommt, dass er aus seinem alten Umfeld seiner Freunde in Zürich heraus kommen sollte. Die Freunde hatten keinen positiven Einfluss auf Marcel. Im weiteren Telefonat erklärte mir der Vater, dass er mich aus dem Fernsehen und aus verschiedenen Zeitungen her kannte. Er und seine Frau könnten sich gut vorstellen, dass besonders ich der richtige Mensch sei, der seinem Sohn den Weg zum Dompteur und den Erfolgsweg des Lebens zeigen wird. Am Geld sollte es nicht liegen. Er sei Bankdirektor und er könne es sich leisten, die Ausbildung auch zu bezahlen. Das Telefonat endete so, dass ich mir noch einen Tag Bedenkzeit ausbat. Dafür hatte der auf mich sehr intelligent wirkende Vater auch Verständnis.

Am nächsten Tag gab ich dem Vater von Marcel meine Zusage, seinen Sohn aufzunehmen und auszubilden. Wir vereinbarten ein kleines Honorar für Verpflegung und Unterkunft seines Sohnes. Wir einigten uns gemeinsam mit Marcel auf eine Ausbildungszeit von zwölf Monaten. Marcel bekam von seinem Vater ein neues Auto geschenkt, mit dem er auch gleich eine Woche später zu mir nach Deutschland kam. Da er sich auch bei mir wohl fühlen sollte, gab ich ihm ein schönes, großes Zimmer. Die erste Ausbildungsstufe für Marcel bestand darin, dass er lernen musste, die Raubtieranlage peinlichst genau zu säubern. Auffällig dabei war, dass er sich mit der Reinigungsarbeit schwer tat. Wiederum war es für mich normal, dass ein Sohn von sehr reichen Eltern und der gerade von der Schule kommt, kaum Erfahrungen in Sachen Reinigung haben konnte.

In der zweiten Stufe lernte er, wie man Futter aussucht, es zubereitet und füttert. In meinen Löwen Ken hatte sich der Schweizer scheinbar verliebt. Er wusste auch sofort, dass Löwen wie Ken mit einer so ausgeprägten Bauchmähne in Europa sehr selten sind. Ken bekam im Laufe der Zeit auch einen guten Draht zu Marcel. So konnte ich meinem jungen Schweizer auch klar machen, dass die so oft beteuerte Aussage „Ich liebe Tiere" nicht darin besteht, sie nur zu streicheln. An der Opferbereitschaft und in der Bereitschaft auch Dreckarbeiten, wenn sie anfallen, zu erledigen, wird erst die wahre Liebe zu einem Tier erkennbar. Ich hoffte, dass er dies verstehen würde. Dennoch drängte er mich immer wieder dazu, auch mal beim Training von Ken mit dabei sein zu können.

Ken sein Verhalten zu Marcel war wechselhaft. Daraus entstand allmählich eine Abneigung zu Marcel, die ich mir zunächst nicht erklären konnte. Etwas früher viel mir schon auf, dass Marcel manchmal unausgeschlafen aussah und diese unausgeschlafenen Momente wurden in der letzten Woche immer häufiger. Das Zimmer dieses jungen Mannes wurde immer unordentlicher, so dass ich dieses in der letzten Zeit auch stark kritisierte. Der Ordnungssinn ist für einen Menschen, der mit Raubtieren arbeitet, lebenswichtig!

Eines Tages gingen Ken, Marcel und ich durch den Garten und wir wollten wieder einmal ein freies Anlaufen mit Ken von Punkt A zu Punkt B usw. trainieren. Als Ken Punkt B erreichte und sich wie vorgesehen hinlegte, ging Marcel wieder zu Ken, in der Absicht, ihn anzuleinen. Dabei schlug Ken mit seiner Tatze nach Marcels Bein und fauchte. Dieser Schlag hatte zufolge, dass Marcel an der rechten Wade einen 5 cm langen und 2 mm tiefen Kratzer bekam. Ken blieb aber weiter ruhig liegen. Die Wunde musste allerdings vorsorglich ärztlich versorgt werden und Marcel bekam eine Tetanus-Impfung.

Das Verhältnis, was am Anfang sehr gut ausgesehen hatte, wurde zwischen Ken und meinem Praktikanten immer mehr störanfälliger. Ich fühlte, dass mit Marcel irgend etwas nicht stimmte. Auffällig

war, dass er am Tage sehr müde aussah und auffällig war auch, dass er übermäßig viel Cola trank. Trank er Alkohol oder nahm er sogar Drogen oder hatte er irgendwelche Sorgen? Eines Abends fasste ich den Entschluss, mich mit Marcel in seinem Zimmer ausführlich zu unterhalten. Da platzte es plötzlich aus ihm heraus. Unter Tränen erzählte er mir, dass er kiffen würde und zwar schon in der stärkeren Form. Das sei wohl auch der Grund, warum seine Eltern den Wunsch Dompteur zu werden plötzlich unterstützten. Ihm war klar, dass er eine Drogenfreiheit nur erlangen kann, wenn er sich von seinem alten Freundeskreis in Zürich trennen würde. Die ersten acht Wochen, seit dem er bei mir war, hatte er es ohne Drogen ausgehalten, doch dann wurde er rückfällig. Er erkannte auch gleich, dass Ken nicht Schuld sei, dass es zu dem Zwischenfall kam. Er ganz allein sei daran Schuld, dass dieses einst gute Verhältnis zwischen ihm und Ken nun gestört war! Über diese Selbstkritik und Erkenntnis freute ich mich insgeheim. Ich sagte ihm, dass er alt genug sei und er müsse wissen, was er macht. Dabei habe ich sehr darauf geachtet, ihn nicht zu kritisieren, dass er Drogen nehmen würde. Diese Aussprache endete in Einvernehmen, dass Marcel erst einmal 4 Tage ausspannen sollte. In dieser Zeit sollte er auch nicht in die Nähe von Ken kommen! So erhoffte ich mir, dass Klarheit in sein zukünftiges Leben kommen würde. Entweder, er liebt Ken wirklich, dann würde er noch einmal versuchen wieder anzufangen, oder er packt seine Sachen und fährt zurück nach Hause. Am Abend des vierten Tages kam Marcel dann zu mir und teilte mir mit, dass er mit kiffen aufhören wolle. Darüber habe ich mich sehr gefreut. Diese Freude unterdrückte ich aber. Nun erst sagte ich ihm, dass er ein guter Dompteur oder Tiertrainer werden würde, wenn er frei von Drogen wäre. Tiere, und erst recht Raubtiere, mögen keine Menschen, die Drogen nehmen. Es macht ihnen Angst. Außerdem muss man immer einen glasklaren Kopf haben, wenn man mit Raubtieren in Kontakt ist. Ich versuchte ihm klar zu machen, dass Ken sich darüber bestimmt freuen würde, wenn er es schafft. So beschlossen wir, gleich vom nächsten Tag an, damit zu beginnen.
Nach ein paar drogenfreien Tagen fing Ken wieder an, seinen Kopf gegen das Gitter zu pressen, wenn ihn Marcel kraulen wollte. Ich verstärkte nun ein immer längeres Zusammensein mit Ken und unserem Praktikanten. Die Spaziergänge mit uns wurden darum

immer länger, wobei ich mich immer mehr im Hintergrund aufhielt. Ken machte alles mit, was ihm Marcel an Kommandos sagte. Das machte unseren jungen Schweizer dann besonders stolz. Zwischendurch hatte Ken noch eine kleine Rolle in einem Werbespot in Hamburg. Marcel war natürlich mit dabei und fühlte sich wie ein großer Star. Ken schmuste sogar einmal mit dem sensiblen Schweizer. Alle im Filmteam bewunderten das und Marcel war völlig aus dem Häuschen!

Wir verlängerten die Ausbildungszeit um weitere 6 Monate und alles ohne Drogen. Die Liebe zu Ken hatte ihn drogenfrei werden lassen.

Eines Tages rief mich sein Vater an und bedankte sich für die große Sache, von der ihm sein Sohn erzählt hatte. Der Vater fragte mich, ob ich Ken verkaufen würde und bot mir gleich eine Summe, von der er hoffte, dass ich sie nicht ablehnen könne. Er bot mir 60.000 Schweizer Franken. Doch Ken zu verkaufen war absolut nicht in meinem Sinn und ich lehnte daher auch spontan ab und dabei blieb ich auch.

Dem Vater empfahl ich, seinem Sohn eine kleine Löwengruppe zu kaufen und alles was dazu gehört. Marcel solle dann noch einmal für ein Jahr zu einem italienischen Dompteur in die Schule gehen und könne dann ja später im Zirkus auftreten.

Der Abschied kam und Marcel verabschiedete sich unter Tränen von seinem Freund Ken und von mir. Von seinem Vater bekam ich eine Woche später einen langen und lieben Brief, in dem er sich noch einmal bedankte und ein Scheck über eine nicht unerhebliche Summe sollte seine Dankbarkeit unterstreichen.

Von Marcel bekam ich nach einem guten Jahr einen dick verpackten Brief mit vielen Fotos von seinen halbjährigen 6 Löwen, sowie Fotos von einem schönen großen Wohnwagen. Dabei war eine Zeichnung für Ken mit einem großen, rot gemalten Herz und dem dekorativ angeordneten Wort „DANKE!" Am Rande dieser Zeichnung stand der Untertitel „Nie wieder Drogen!" Noch ein paar Jahre danach bekamen Ken und ich jedes Jahr zu Weihnachten immer noch Post von unserem Schweizer Freund, der dann mit seinen Raubtieren in verschiedenen Zirkussen auftrat.

## Ken auf hoher See

Wir drehten gerade mit einem Hund einen Werbespot für eine Landessparkasse in Berlin. Mitten in den Dreharbeiten erreichte mich die Anfrage einer Filmproduktionsfirma aus München, die einen Löwen suchte. Der Löwe sollte menschenfreundlich und seetüchtig sein. Über diese Formulierung musste ich erst einmal laut lachen. Ich zeigte diese Faxanfrage meinem damaligen Assistenten und fügte spaßig hinzu: „Dann sollen sie doch einen Seelöwen nehmen!" Es war mir natürlich schon klar, dass man einen lieben Löwen brauchte, der nicht seekrank wird. Es sollte auf einem Schiff gedreht werden.

Am nächsten Tag schrieb ich dann zurück, dass ich einen Löwen hätte, der menschenfreundlich ist, ich aber natürlich nicht garantieren könne, dass er nicht seekrank wird. Die Requisite, die mir schrieb, entschuldigte sich dann auch gleich für diese unsinnige Formulierung. So kam es dann doch mit meinem Löwen, von dem keiner wusste, ob er seekrank werden würde, zum Vertragsabschluss! Es war eine deutsch-französische Gemeinschaftsproduktion und es wurde in Nizza gedreht. So fuhr ich mit zwei Assistenten und einem LKW über den Brenner nach Südfrankreich. Ken wurde in seinem eigens dafür gebauten Käfig untergebracht. Gedreht wurde auf einer großen weißen Yacht. Für Ken war es das erste Mal, dass er ein Schiff überhaupt sah, geschweige denn, darauf gehen musste. Auf dem Schiff war ein schön verzierter, in goldfarben leuchtender großer Raubtierkäfig aufgebaut. Das war der Filmkäfig, in dem Ken untergebracht werden sollte. Doch zuvor musste ich mit Ken an der Leine über eine kleine Reling auf das Schiff gelangen. Dabei hatte ich mehr Angst als Ken. Fast das ganze Filmteam und zahlreiche neugierige Zuschauer standen am Kai, um dieser, doch ungewöhnlichen, Aktion zuzuschauen. Mein guter Ken ging so was von gelassen über diese Reling auf das Schiffsdeck, als hätte er es schon hunderttausend Mal getan. Als wir das Schiffsdeck erreichten, fingen die Leute unten am Kai an, zu applaudieren. Ken und ich genossen diesen Applaus. Anschließend setzte ich Ken in den goldenen Käfig und versorgte ihn. Er legte sich auf den Boden, voller Stolz, und genoss es noch einmal, als ihn die Menschen vom Schiff in seinem goldenen Käfig bewunderten, um nicht zu sagen, bestaunten.

Nach zwei Stunden kam der Regisseur des Filmes zu Ken und mir an den Käfig. Mit einer sehr ernsten Miene begrüßte er mich und sprach in englisch zu mir: „Das Drehbuch haben Sie gelesen?", was ich bejahte. Darauf antwortete er: „Na, mal sehen, ob das alles so klappt" und verließ den Platz. In mir kam schon die Wut hoch und ich fragte den Aufnahmeleiter, was das hier werden solle. Fast ängstlich sagte man mir, ich solle ruhig sein und keine Widerworte haben, wenn der Regisseur etwas sagt. Er soll ein guter Regisseur sein, aber leider sehr launisch und kolderisch reagieren. Man hatte ihn noch nie lachen gesehen. Schon in den ersten Stunden bemerkte ich, dass alle Angst vor ihm hatten. Man reichte ihm den Kaffee und das Essen. Sein Stuhl, der mit der Aufschrift REGIE groß gekennzeichnet war, wurde ihm permanent nachgeschleppt! Zusammenfassend gesagt, die ganze Atmosphäre war zum Kotzen und ich wäre am Liebsten wieder abgereist. Das ging leider nicht, da ich ja den Vertrag schon unterschrieben hatte. Zwei Tage lang mussten wir mit diesem Menschen auf so relativ engem Schiffsraum auskommen. Völlig frustriert ging ich zu Ken, setzte mich vor seinen goldenen Käfig, der mir nun in meiner Stimmung wie ein Knastabteil vorkam. So musste ich mit Ken durch die goldenen Gitterstäbe schmusen und versuchte, meine Gedanken auf Zuhause zu lenken.

Am nächsten Morgen begannen bei schönem Wetter die Dreharbeiten mit dem vergrämten Regisseur. Ich hatte schon wieder Wut im Bauch, als ich sah, wie er mit den Mitarbeitern umsprang. Sein Befehlston hatte schon eine Art Hass in sich. Zwischendurch dachte ich allerdings auch daran, dass es diesem Mann, der nun Regie führen sollte, vielleicht nicht gut ging. Vielleicht hatte er ja auch eine unheilbare Krankheit oder schwere private Probleme. Wie auch immer. So konnte man doch nicht mit Menschen umgehen, die, im wahrsten Sinne des Wortes, zusammen in einem Boot saßen.

Kens erste Einstellung war: Die nicht verschlossene Käfigtür. Die Tür des goldenen Käfigs wurde so präpariert, dass Ken sie aufstoßen konnte, um anschließend ganz gemütlich über das Deck zu spazieren. Dann sollte er auf eine genau vorgegebenen Bank springen und sich dort hinlegen. Und dass sollte in einer einzigen Einstellung gedreht werden.

Es wäre doch für meinen Löwen und für mich viel einfacher gewesen, diesen ganzen Weg in zwei Einstellungen, mit einem Zwischenschnitt, aufzunehmen. Hinzu kam meine große Angst, dass Ken sich erschrecken könnte und über Bord springt. Diskutieren war nicht erwünscht und dann wollte ich es dem Typ auch irgendwie zeigen. Ich sagte zu Ken: „Komm, dem zeigen wir's!". Als hätte Ken es verstanden, trat er in Aktion. Ich dirigierte, für die Kamera versteckt an der Brückenseite stehend, meinen Löwen mit Handzeichen: Tür aufstoßen, ganz langsam über das Schiffsdeck schreiten, dann auf die Bank Nummer vier springen, sich hinlegen und aufs Meer schauen. Alles klappte sofort bei der ersten Einstellung! Einige vom Filmteam fingen langsam an, zu applaudieren, doch die scharfen Blicke des Regisseurs zu den Applaudierenden ließen die Hände sofort verstummen. Dann fragte er mich, ob das jetzt Zufall war, oder ob der Löwe immer so genau arbeiten würde. Ich erwiderte ihm mit großem Stolz und Genugtuung: „Ken arbeitet immer so. Für mich ist er der beste Löwe der Welt!" Sein Gesicht wurde schon sehr viel entspannter. „Wir haben ja noch mehr Einstellungen vor uns", sagte er nun plötzlich in einem sehr freundlichen Ton. Die mir gegenüberstehende Aufnahmeleiterin und ich sahen uns verwundert an. Freundliche Sätze, oh, das war selten!

Nach einer kurzen Pause und Umbauarbeiten ging es dann weiter. Die nächste Einstellung war schon schwieriger. Ken musste langsam auf eine Tür zugehen und direkt vor der Tür, die nach innen aufging, stehen bleiben. Wert wurde auf das Stehenbleiben gelegt. Der Löwe sollte sich auf keinen Fall hinlegen. Aus dieser Tür kam nun ein Kellner bzw. Stuart mit einem vollen Tablett. Dieser sah den Löwen, erschreckte und ließ das Tablett, direkt vor Kens Nase, fallen. Ken sollte sich nun hinlegen und die Milch vom Tablett lecken, ohne den Stuart weiter zu beachten. Wir probten das ein paar Mal wegen des Timeings der Tür ohne Löwen. Gleich danach wurde dies mit Ken gedreht und es klappte wieder sofort beim ersten Mal. Dann musste man noch ein paar Großaufnahmen von dem milchleckenden Löwen machen. Wieder fingen zwei Leute an, ganz leise Applaus zu klatschen. Diesmal schaute der Regisseur wieder zu den Applaudierenden, aber diesmal mit einem sehr freundlichen Gesicht und rief: „Ihr dürft ruhig lauter applaudieren für diesen genialen Löwen!" Darauf hin applaudierte das ganze Schiff und aus den einst ernsten Gesichtern wurden lachende und sich freuende Menschen. Der Regisseur gab mir freundlich, allerdings ein wenig steif, die Hand und gratulierte mir. Es gab plötzlich den totalen Stimmungswandel. Wir drehten noch fünf weitere Einstellungen mit Ken und alle waren zur vollsten Zufriedenheit des Regisseurs. Mit jeder Einstellung wurde dieser Mann immer freundlicher, auch zu seinen Mitarbeitern. Es war so, als wäre ein anderer Mensch in die Haut dieses Regisseurs geschlüpft. Am Tage der Verabschiedung, nahm er meine Hand in seine beiden Hände und drückte und schüttelte meine Hand. Er bedankte sich mehrmals für diese außergewöhnliche, reibungslose Zusammenarbeit und ließ sich mit mir und Ken sogar ausgiebig fotografieren. Und eines hat Ken noch geschafft: Dieser einst verbitterte Mann konnte beim Abschiedwinken vom Schiff sogar richtig freundlich lachen. Ken und ich konnten es dann auch.

## Neue Freunde

Über 10 Jahre lang hatte ich die Tiershow in den Sommermonaten gemacht. In dieser Show zeigte ich den Besuchern meine Tiere und die damit verbundene Botschaft, welche Kraft die Liebe beim Umgang und Training mit Tieren hat. Eingebettet in dieser Show waren auch meine eigens geschriebenen Lieder, mit der Botschaft von Menschlichkeit und Mitgefühl.

Eines Tages kamen zwei Jungs aus unserem Team, die damals noch Auszubildende zum Tierpfleger waren, zu mir und sagten, sie wollen eine Musikgruppe bilden, die auch solche Lieder, wie ich sie singe, machen wollte. Ich fand diese Idee gut und wir suchten noch weitere Jungs, die an so einer Gruppe Interesse hatten. So gab es diese beiden Tierpfleger, Sascha und Marc, als Ideengeber und es dauerte gar nicht lange, da kamen Ruben, Dennis und Jason dazu. Die Gruppe war perfekt. Nun musste nur noch der Name gefunden werden.

Sascha und Marc zogen im Rahmen ihrer Tierpflegerausbildung ein Löwenbaby, das wir Angel nannten, auf. Angel hatte ich von einem

Tierpark gekauft, damit Ken eine Frau bekommen sollte. Wir stellten uns vor, wenn Angel größer ist, dass die beiden, Ken und Angel, ein hübsches Paar abgeben würden. Ken und Angel sollten dann später mit den Jungs der Gruppe in meiner Show auftreten. Aber der Name war immer noch nicht gefunden, bis einer auf die Idee kam: „Wir haben doch Löwen. Wir haben Ken und Angel." Somit hatten sie das Wort „Löwe". Und da die Jungs auch von Liebe und Menschlichkeit singen wollten, dies aber in englischer Sprache, entstanden die Worte „Lions of Love". Somit war der Name geboren.

Weil alles perfekt und professionell sein sollte, wurden die Jungs in Gesang, Tanz und Schauspiel ausgebildet. Da ich viele Jahre mit dem Showbusiness und den damit verbundenen Tücken zu tun hatte, kümmerte ich mich um die psychologische Ausbildung der Gruppe.

Nachdem der künstlerische Teil bzw. Weg feststand, musste nun noch der tierpsychologische Teil beachtet werden. Das noch kleine Löwenbaby Angel und die Jungs ergaben keine Probleme. Sie wurde von allen Jungs mit aufgezogen. Ken, der inzwischen 14 Jahre alt war, sollte auch mit den Jungs zusammen sein. Inzwischen waren die Lions of Love auf unserer Farm zusammengezogen und lebten auch hier, bei Ken und Angel. Sie übernahmen sogar zeitweise die Reinigung der Gehege von Ken und Angel und befassten sich fast täglich mit dem in die Jahre gekommenen Ken. Eine so große neue

Familie, einem großen selbstbewussten männlichen Löwen hautnah bekannt zu machen, brauchte seine Zeit. Selbst Sascha und Marc, die Ken schon als Tierpflegerazubis betreut hatten, ließ er nicht hautnah an sich heran kommen. Für die übrigen, dazu gekommenen Jungs, war es natürlich auch nicht so einfach. Es war das erste Mal in ihrem Leben, einem so großen und ausgewachsenen Löwen, Auge in Auge gegenüber zu stehen!

Immer und immer wieder, fast regelmäßig, gingen wir, die Jungs und ich mit Ken an der Leine, durch unseren großen Garten spazieren. Bis zum direkten, hautnahen Kontakt zwischen Ken und den Jungs war es aber noch ein weiter Weg. Die Jungs lernten dadurch, dass man Liebe und Vertrauen nicht erzwingen kann. Man muss sie sich, wie sich auch im Fall Ken zeigte, hart erarbeiten. Wenn man dies erreicht hat, darf man, in diesem Falle Ken, nie enttäuschen. Ich wusste, dass diese Erfahrung mit Ken den Jungs für ihr späteres Leben gut tun wird. So kam auch das lang erhoffte: Ken nahm die Jungs als seine neuen Freunde, seine erweiterte Familie ganz allmählich an. Er vertraute ihnen immer mehr und fing sogar an zu schmusen. Die tierpsychologische Seite war somit auch geschafft. Nun waren die Lions of Love mit ihren sozusagen eigenen Löwen in ihrem Selbstbewusstsein erheblich gestärkt. Es gab noch nie in der Musik-Showgeschichte eine Musikgruppe mit echten, eigenen Löwen. Für diese liebenswerten und einzigartigen Jungs war Ken ein Mittelpunkt in unserer großen, neuen Familie.

In den letzten zwei Jahren meiner Show traten die Lions of Love, Angel, Ken und ich gemeinsam auf und die Zuschauer waren begeistert. Ken war es auch!

Ein Jahr später konnte ich auch meinen lange erwünschten Traum erfüllen. Mit Entscheidungshilfe der Jungs, gründete ich den Joe Bodemann-Gnadenhof für alte Tiere e.V.. In diesen Gnadenhof nahmen wir alte Hunde und Katzen von alten Menschen auf, aber auch alte Filmtiere, sowie Ken, wurden in diesen Gnadenhof aufgenommen, damit sie in Ruhe alt werden können.

Die fleißigen Jungs der Lions of Love kümmerten sich neben ihrer künstlerischen Tätigkeit tatkräftig mit um die alten Tiere unseres Gnadenhofes. Ihre Liebe zu Ken wurde dabei immer tiefgründiger und eindrucksvoller.

## Die Hochzeit

Damit mein guter alter Ken, in den noch verbleibenden Jahren seines Lebens, in den Genuss einer Partnerschaft, sozusagen Mann- und Fraubeziehung kommen konnte, hatte ich ihm eine Löwin, wohl auch mit dem Gedanken daran, aus dieser Verbindung noch ein Löwenbaby von Ken bekommen zu können, gekauft.
Das war aber alles nicht so einfach, wie wir uns das vorstellten. Kens zukünftige Frau Angel wurde von den Jungs und zeitweise auch von mir mit der Flasche aufgezogen. Natürlich bekam Angel von mir auch eine sogenannte Ausbildung, wie es sich für die Frau eines Superstarlöwen gehört. Diese Art von Schulung ist wichtig, damit Angel dirigierbar bzw. lenkbar bleibt. Außerdem fördert es die Bindung zu den Jungs und zu mir.
Die Bindung zu Ken lief über die Instinktphase. Diese wird aber erst nach der Grundschulung, durch die Zusammenführung beider Tiere, in Gang gesetzt. Angels Grundschulung war abgeschlossen und nun konnte die Zusammenführung mit Ken beginnen. Unsere Löwin war nun im geschlechtsreifen Alter von zwei Jahren. Wir fingen an beide Löwen ganz langsam aneinander zu gewöhnen. Es war mir klar, dass dies nicht ohne Komplikationen funktionieren würde, da beide Tiere

auf Menschen geprägt waren. Ich wusste auch, dass die Zusammenführungsphase dadurch länger dauern würde, als bei wilden Löwen die nicht auf Menschen geprägt waren. Wichtig war vor allem die Schritt-für-Schritt-Technik in der Zusammenführung. In dieser Phase durfte ich nicht mehr der dominierende Freund sein, weder für Angel, noch für Ken. Das Training beider Tiere wurde in dieser Zeit völlig eingestellt.

Beide Löwen wurden in zwei nebeneinander liegenden Gehegen untergebracht, welche durch ein engmaschiges Gitter getrennt waren. Somit konnten sich beide permanent sehen und riechen. Immer wieder fauchten sich beide Tiere an, was mit einem großen Gebrüll abgeschlossen wurde, bevor sie die Gitterfront wieder verließen. So ging das wochenlang. Ich mischte mich dabei nie ein. Das mussten die beiden immer unter sich ausmachen. Es dauerte lange, bis Ken anfing, sich für Angel zu interessieren. Ganz allmählich wurden die anfauchenden Attacken immer weniger. In kleinen Schritten entstand der Gelassenheitszustand. Dann folgte die Sympathiephase. Nun konnten beide Tiere in dem großen Freigehege zusammengeführt werden. Zuerst ließen wir Ken in das Freigehege, damit sich das Revierverhaltensbewusstsein bei ihm entwickeln konnte. Wir wählten ihn aus, da Ken derjenige war, der immer Zurückhaltung zeigte. Angel war unbeschwert und manchmal frech zu Ken.

Nachdem Ken eine Weile allein in dem Freigehege war, wurde Angel dazu gelassen. Diese Art der Reihenfolge wurde auch künftig beibehalten. Beide Tiere hielten aus Unsicherheit eine große Distanz ein. Später dann schlich sich Angel von der Seite oder von hinten an Ken heran und schlug ihm auf sein Hinterteil, leider mit ausgefahrenen Krallen. Dadurch entstanden Risse in der Haut, die aber zum Glück immer schnell abheilten. Ken konterte diese Angriffe mit mächtigen Gegenangriffen, ohne aber Angel dabei zu verletzen.

So ganz allmählich kehrte Ruhe ein und die Distanz zwischen den beiden wurde immer geringer und es entstand sogar eine Sympathie. Zeitweise lagen beide zusammen in dem großen Freigehege und ließen sich ganz entspannt von der Sonne bescheinen. Es war ein schönes Bild und wir waren alle zufrieden.

Immer ungeduldiger warteten wir auf die Hochzeitstage, auf die geschlechtliche Vereinigung, doch nichts passierte. Eines Tages fing Angel an, sich ständig zu unterwerfen. Sie rollte sich immer mehr am Boden, besonders dann, wenn Ken in ihre Nähe kam. Das war das Zeichen der Rolligkeit, das Zeichen der geschlechtlichen Bereitschaft. Ken zeigte jedoch keinerlei Interesse an Angel. Da ich im Zweitberuf schon einige Jahre als Tierheilpraktiker tätig war, gab ich Ken homöopathische Tabletten ins Wasser. Damit sollte der Geschlechtstrieb angeregt werden, was auch prompt geschah. Zwei Tage später war es dann soweit. Ken deckte Angel, immer wieder mit Gebrüll und Streit, was bei Löwen völlig normal ist. Das war der Hochzeitstag, den wir uns in unseren Kalendern rot anstrichen. Die Lions of Love haben ein zwei Meter großes Herz aus roten Rosen für Ken und Angel angefertigt und es an die Wand im Außengehege aufgehängt. Wir hofften nun auf Nachwuchs und waren völlig gespannt. Alle achteten ständig darauf, ob Angels Bauchumfang zunahm. Immer wieder wurde in unserem Team darüber diskutiert, ob Angels Bauch nun dicker geworden ist oder nicht.

Der Tag, an dem Angel werfen musste, verstrich und nichts passierte. Angel sollte keine Mutter und Ken kein Vater und wir keine Onkels werden. Noch mehrere Male hatte Angel diese Rolligkeitsperioden. Auch da entstand kein Nachwuchs. Wie man weiß, sind Löwen im Alter zu 80% unfruchtbar. Auf jeden Fall aber haben sich beide gut verstanden. Ken hatte noch eine schöne Zeit und auch bestimmt viel Spaß mit Angel.

Entgegen der Prophezeiung der Experten, haben sich die beiden Tiere nicht von uns Menschen, den Jungs und mir, entfremdet. Die Liebe zu uns war unglaublich intensiv. Dadurch waren wir eine mächtig starke Löwenfamilie – die Jungs von Lions of Love, ich, der Löwenmann und unsere echten Löwen Ken und Angel. So lebten wir glücklich zusammen!

## *Der Kampf*

Unser glückliches Zusammenleben sollte sich ändern. Auf einmal war unser guter alter Ken nicht mehr so gut drauf wie sonst. Die Untersuchung eines ausgewachsenen Löwen erweist sich immer als schwierig. Ich konnte mich vorerst nur auf meine Erfahrungen und Empfindungen verlassen. Sein Appetit war sehr gut, nur die Aktivphasen hatten erheblich abgenommen. Das hatte alles mögliche sein können. Vielleicht die Zähne, vielleicht die Gelenke, vielleicht Verdauungsstörungen, doch dafür gab es keinerlei Symptome.

Eines Morgens sah ich dann, dass Ken, während des Gehens, Urin scheinbar unbemerkt verlor. Darauf folgend war auch sein Nachtlager mit Urin benässt. Zuerst dachte ich an die Wirbelsäule, an den Rückenmarkskanal, der durch Verkalkung hätte eingeengt sein können. Doch dann hatte ich wieder Zweifel. Nein, dachte ich, das können nur die Nieren sein! Von Hauskatzen wusste ich ja, dass diese im hohen Alter oft Nierenprobleme haben. Eine Blutabnahme gab uns dann die Diagnosesicherung: Es war ein chronisches Nierenversagen. Daraus entstand ganz schnell ein akutes Versagen! Fieberhaft getrieben vor Angst fing ich an, Ken zusammen mit einem Tierarzt auf den Nierenbereich zu behandeln. Die Behandlungen schienen anzusprechen. Ken spielte plötzlich sogar mit mir. Doch dann gab es wieder einen Rückfall, eine Bauspeicheldrüsenent-zündung kam hinzu. Da die Gefahr bestand, dass die Medikamente bzw. Tabletten vom Darm nicht ordentlich resorbiert würden, musste alles per Injektionslösung, also per Spritze, injiziert werden. Einige Spritzen mussten unter die Haut und andere wiederum ins Hinterbein, in den Muskel, gegeben werden.

Dies ist bei einem Hund oder Pferd kein Problem, jedoch bei einem ausgewachsenen Löwen war es nicht so einfach, wie man sich denken kann. Blitzschnell biss Ken nach der Spritze, wenn ich die

Nadel gerade in der Haut hatte, also musste ich auch blitzschnell spritzen und meine Hand wieder wegziehen.

Die fünf Jungs der Lions of Love, die Ken inzwischen auch lieb gewonnen hatte, fingen mit mir an, Ken intensiv zu behandeln.

Wir legten Ken ein Halsband um und zwei der Jungs hielten Kens Kopf mit Halsband und Seil ganz fest. Die anderen drei Jungs lenkten Ken ab, damit er gespannt zu ihnen schaute, währenddessen setzte ich von hinten die Spritzen. Zwei Mal am Tag gab es diese Prozedur. Als dann das Erbrechen bei Ken einsetzte, wurde allen klar, wie ernst die Situation nun war. Nach diesem gleichen Schema des Festhaltens war es mir zum Glück gelungen, einen Infusionszugang in die Vene seines Hinterbeines zu legen. Nun war Ken am Tropf. Wir ließen ihn in sein Innengehege, dass mit weichem Stroh und vielen Decken ausgelegt war. Ich zog alle Register meines Wissens: Nierenspülungen, künstliche Ernährung, Dauertropf Tag und Nacht und immer wieder alle erdenklichen Injektionen! Akupunktur, Magnetfeld, Bestrahlungen, Lichttherapie, Musiktherapie, nichts wollte richtig helfen. Die Lions of Love holten einen großen Gartentisch und Stühle ins Raubtierhaus. Wir nahmen nun alle unsere Mahlzeiten bei Ken ein und schliefen abwechselnd im Schichtwechsel, so dass Ken nie alleine war. Zwischendurch gab es wieder Hoffnung! Ken fing an zu fressen, doch dann erbrach er alles wieder. Ein paar Tage später, es war 4 Uhr morgens, wollte Ken plötzlich mit mir spielen. Bei den Jungs, die ich vor Freude noch weckte, um ihnen das spontan mitzuteilen, setzte fast Euphorie ein. Dann kam wieder das Erbrechen! Es war ein auf und ab. Ken wollte nicht mehr richtig laufen, Muskelschwund setzte in den Hinterbeinen ein. Wieder gab ich neue Medikamente dazu, doch diese zogen nicht schnell genug. Keiner von uns konnte mehr richtig schlafen, unser Betrieb stand fast still. Unsere anderen Tiere wurden natürlich alle weiter versorgt. So langsam setzte auch die Erschöpfung bei meinen Jungs ein, die ein enormes Potential an Energie aufbrachten. Wir unterhielten uns nur über Ken, über Kens Medikamente und was man noch machen könnte. Ich sagte alle meine Termine ab! Als ich in der

Nachtwache so bei Ken saß, fing ich an, mir selbst Vorwürfe zu machen und Zweifel kamen auf. Ich hatte ihn viel zu oft und zu lange allein gelassen, wenn ich mit anderen Tieren gedreht hatte. Aber es musste ja sein, sagte ich mir. Was geschah in der Zeit, wenn ich weg war? Hatten sich die Tierpfleger wirklich richtig um ihn gekümmert? Manchmal sah das nicht so aus, aber ich musste mich darauf verlassen, denn ich musste ja auch Geld verdienen. Ich hätte auch ein viel größeres Gehege bauen müssen, oder war es ausreichend groß?

All diese Gedanken quälten meine Seele und zermarterten meinen Kopf.

Immer wieder stellte ich mir die Frage: Wann hat Ken Schmerzen und wann fängt er an, sich zu quälen? Ich wusste wiederum, wenn Ken Schmerzen hätte, würde er anfangen, zu brummen und so lange das nicht eintrat, müssten wir weiter kämpfen. Die Jungs der Lions of Love zeigten sich so mitfühlend und warmherzig. Immer wieder gingen die Jungs, einer nach dem anderen, zu Ken und streichelten ihn über sein, von der Krankheit schwer gezeichnetes, Gesicht. Manchmal, wenn es ihm ein bißchen besser ging, drückte er seinen großen Kopf in die Hand.

Dieser Tag- und Nacht-Behandlungsmarathon dauerte über 14 Tage. Ken war keine Sekunde allein, wir wechselten uns ständig ab, so das immer zwei Personen bei ihm waren!

Der Abend kam, an dem Ken schon schwer geschwächt war. Nun kam dieses Schmerzbrummen plötzlich auf. Seine Augen sagten mir: „Erlöse mich, ich kann nicht mehr".

Daraufhin entschieden wir uns gemeinsam, Ken durch einen Tierarzt, der ihn viele Jahre gut mitbetreut hatte, einschlafen zu lassen.

Ich nahm Ken in den Arm und der Tierarzt injizierte zuerst ein

Schlafmittel, was schon dafür sorgte, dass Ken von meinen Armen umschlungen ganz ruhig und schnell einschlief.

Ken war tot!

Den Schrei meiner Trauer hörte man wohl noch zwei Dörfer weiter.

Wir begruben Ken gemeinsam an einer Stelle, die kein Außenstehender je erfahren wird!

Danke meinen Jungs: Ruben, Dennis, Marc, Sascha, Jason, Sven.

Danke Ken!
Zu ewigem Gedenken und ewiger Liebe!

Mehr von
**Joe Bodemann**

## Löwenherz

Zum Gedenken und zur Ehrung ihres außergewöhnlichen Filmlöwen "Ken" schrieben die Lions of Love und Joe Bodemann dieses musikalische Meisterwerk Sie lebten viele Jahre mit ihm zusammen Ken war der ursprüngliche Namensgeber für die Lions of Love!

Maxi-CD incl. Videoclip

CD / Best-Nr. 01014

---

## Der Tierheilpraktiker Joe Bodemann

Dieser Film zeigt Einblicke in die Arbeit von Joe Bodemann als Filmtiertrainer am Drehort, als Hundelehrer bei der Ausbildung, als Tierheilpraktiker in seiner Praxis und als Entertainer seiner eigenen Show. Aber auch sein Privatleben wird hier etwas durchleuchtet. Er spricht erstmalig über seinen schweren Weg nach oben, über seine Ängste und Gefühle. Bewegende Aussagen und beeindruckende Bilder machen dieses Video zu einem einmaligen Erlebnis!

**Ein muss für jeden Tierfreund!**

VHS-Video / Best-Nr. 03002

Erhältlich im Musikgeschäft

Unter www.astashop.de

Oder direkt bei:

Hellwig-Music KG . Tel.: 05142 – 987-208 . Fax: 05142 – 987-209

## Meine Freund Jerry

e musikalische Hommage von Joe Bodemann
seinen treuen Freund.

veröffentlichte Originalaufnahmen von 1986.

e besondere Erinnerung an Deutschlands
rühmtesten Fernsehhund.

/ Best-Nr.: 04001

---

## Jerry und Joe

„Jerry und Joe" – eine wahre
Geschichte über Freundschaft und
Liebe zwischen Mensch und Tier.
Diese Liebe war so groß, dass ein
seelisch kranker Hund geheilt werden
konnte und dann zum Liebling von
Millionen Fernsehzuschauern wurde.

Jerry, der Star aus der
„Schwarzwaldklinik", ist der Held
dieses Buches – seine Geschichte,
vom Tierheim bis ins Rampenlicht der
Fernsehstudios, wird hier von seinem
Entdecker und Freund Joe Bodemann
auf einfühlsame Art erzählt.

ISBN 3-9808978-9-3

Erhältlich im Musikgeschäft oder Buchhandel

Unter www.astashop.de

Oder direkt bei:

Hellwig-Music KG . Tel.: 05142 – 987-208 . Fax: 05142 – 987-209

# Musik für Tiere
## Original nach Joe Bodemann

Die Musik hat auf die Psyche der Tiere eine sehr große positive Wirkung, stärkt u.a. auch das Immunsystem und bringt Spaß in den Alltagstrott unserer Heim- und Haustiere!

Biologisch gesehen haben Menschen und Tiere zahlreiche gemeinsame neurologische Strukturen.

Die Stimmungsbeeinflussung und die Reaktion der Tiere durch Musik ist mit den Stimmungsreaktionen bei Menschen nahezu identisch!

Musik für Tiere, original nach Joe Bodemann, stärkt die Bindung zwischen Mensch und Tier und erhöht die Lebensqualität des Tieres!

### Musik für Tiere-CDs:

Hunde – Best-Nr.: 02001

Katze – Best-Nr.: 02002

Pferde – Best-Nr.: 02003

Papageien/Sittiche – Best-Nr.: 02004

Nager – Best-Nr.: 02005

Fische - Best-Nr.: 02006

**www.musik-fuer-tiere.de**

Erhältlich im Musikgeschäft oder Buchhandel

Unter www.astashop.de

Oder direkt bei:

Hellwig-Music KG
Tel.: 05142 – 987-208
Fax: 05142 – 987-209

# Joe Bodemann
## Der mit den Tieren spricht


## Tierheilpraktiker-Praxis
### Joe Bodemann, Lars Oldag

**Praxis und Naturheilzentrum für Tiere**
Am Aschenberg 27
29361 Höfer / Kreis Celle
Tel.: 05142 – 98 72 27
Fax: 05142 – 98 72 28
- auch mit stationärer Aufnahme -

**Praxis Hamburg**
Hermannstal 79
22119 Hamburg
Tel.: 040 – 682 681 36
Fax: 040 – 689 183 45

**Termine nach Vereinbarung**


Weitere Informationen finden Sie im Internet unter:
**www.joebodemann.de**

E-Mail: **joebodemann@joebodemann.de**

# Joe Bodemann-Gnadenhof für alte Tiere e.V.

## In Aktion der Menschlichkeit

**www.joebodemann-gnadenhof.de**

**Am Aschenberg 27 . D-29361 Höfer / Kr. Celle**

**Spendenkonto:**
Sparkasse Gifhorn-Wolfsburg . BLZ: 269 513 11 . Kto: 019 368 240

**Vielen Dank für Ihre Spende!**

# Lions of Love
## The best Boygroup from Germany

Diese außergewöhnliche Boygroup engagiert sich mit ihrer Musik für mehr Liebe und gegen das Tierleid dieser Welt!

Album / 01004

Maxi / 01002

Maxi / 01007

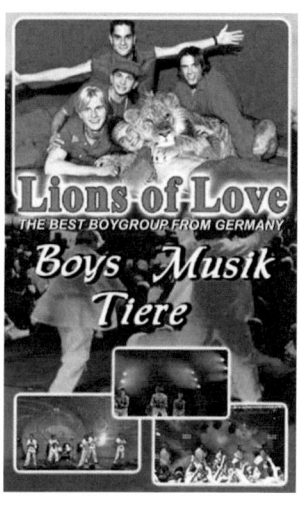

Maxi / 01003

Video / 01006

Maxi / 01005

**www.lions-of-love.de**

Erhältlich im Musikgeschäft

Unter www.astashop.de

Oder direkt bei

Hellwig-Music KG . Tel.: 05142 – 987-208 . Fax: 05142 – 987-209